ラテンアメリカ傑作短編集 続

＊＊＊＊＊＊＊＊＊＊＊＊＊＊＊＊＊＊＊＊＊

中南米スペイン語圏の語り

野々山真輝帆［編］

彩流社

ラテンアメリカ傑作短編集〈続〉 目次

ノクターン

リカルド・グィラルデス

足立 成子 訳

リカルド・グィラルデス (Ricardo Güiraldes 1886~1927)

アルゼンチンの作家。『ドン・セグンド・ソンブラ』はガウチョの魂を描いた不朽の名作。「ノクターン」(Nocturno)は詩の技法を散文に用いて時空を超えた空間に殺し屋の孤影を泳がす。ラテンアメリカの文学の最も完ぺきな短編といわれる。『死と血の短編集』(*Cuentos de muerte y de sangre*, 1915) の中の一編である。

脅し文句は災いの前触れのように、ロベルトの胸中深く燻《くすぶ》っていた。

「いいさ、よくも俺の鼻をへし折りやがったな。だがいつか神がお望みなら、必ずこのケリをつけてやる」

ばかな、初めてでもあるまいに……どうせゲスの空威張りだろうて。

「ねえ、旦那さん、気をつけなせえ。奴は性悪だで」

だが、ロベルトは自ら危険を買う男。忠告などに耳は貸さぬ。


それはわずか二レグアス〔約十一キロメートル〕先の、村の戻り道だった。

闇夜の星が満天を穿《うが》ち、ことさら賑わいを見せていた。

馬は自在に駆け巡り、乗り手は信頼を馬の直感に託す。

家並みは三十クアドラス〔約四キロメートル〕に迫り、アザミが一面の空き地を狭めている。

時は十一月、アザミはすっくと背を伸ばし、刺で傷めたその花が無表情に天を仰いでいた。

行く手に何かがうごめく。

馬がアザミ野にさしかかるや、ヒラリ、影が飛びかかる。馬はバリバリ、アザミを蹴散らし、必死の態で身をかわす。

弓なりの脛《はぎ》を捉えて引き戻す、その手を逃れんと死にもの狂い。

だが哀れ、雨溝に足を取られて、乗り手もろとも倒れ込む。馬の重みが片足の自由を奪う。

揉み合う二人の罵詈雑言が、あたりの空気を揺るがした。

ロベルトが一発、影を撃つ。影は罵り、後ずさる。

ツキが回ってきた。

今こそ時を稼ぎ、この場をきり抜けるのだ。

一瞬の隙あり。立ち上がった馬が、乗り手を遠くへ突き放す。乗り手はバランスを取り戻そうと願うも、時すでに遅し。

後退のみを強いられていた影が、力を尽くして初志を貫く。

腹のど真ん中に一撃を食らう。

死を悟った。

痛みに顔を歪めながら、シャベルで真二つにされた毛虫よろしく、体をくの字に折り曲げる。

リボルバーを手放し、ナイフを柄まで押し込まんとする手を両手でつかみ、更なる攻撃を阻もうと押しとどめる。もはや恐怖に慄き、思考は鈍り、腹は死を予感する。

ほとばしり滴り落ちる血が二人を覆い、赤く染まったぬめりの中で、彼らは一つに絡まった。

痛ましい死闘の果ての喘ぎが二つ、高まりあって響き渡る。

ナイフが動けば傷を深め、肉を刻み、傷口を広げる。傷口は排水口のように、ドロドロの汚物を吐き出し、同じ柄の上でせめぎ合う、四本の手をずぶ濡れにする。

ロベルトの体は生気なく、その場にドスンとへたり込む。カッと見開く眼は恐怖に満ち、開いた口は歌うごとくに、長い唸り声を発した。

情け容赦もあらばこそ、復讐者は骸《むくろ》と化したその目を見やり、くぐもる声を絞り出す。

「アンタに誓ったろうが」

鈍い音を繰り返し、歯間をつつくナイフの硬さ。生を求める絶望の痙攣。微かな破裂音。そして、地べたに倒れ落ちる頭部の、弱々し気なる音。

影はアザミ野の方角へ走り、それから、更に大きな影を連れ戻る。

遺体は静かに横たわる。ほんの一休みの有り様で。

腹には服ごと、肉の巨大なかぎ裂きを負い、頭上に冠するどす黒い血のりが、さながら受難の光輪を思わせた。

殺し屋の馬が、震えながら惨事を嗅ぎまわる。が、皮肉な言葉にほだされる。

「お前、怖がるんじゃねえ、奴はもう誰も傷めやしないから」

こうして静寂は一瞬とぎれるものの、永くその場を支配する。


一振り、乾いたムチが鳴り、いきなり駆けだした殺し屋は溶けるように闇間へ消える。

程なく、影の気配も闇に紛れ、たちまち、跡形もなし。

そして、カラカラに干上がった道には、蹄のエコーが響き渡った。

悪魔の姑

カルメン・リラ

豊泉 博幸 訳

カルメン・リラ (Carmen Lyra 1888~1949)

コスタリカの作家。「悪魔の姑」(La suegra del diablo) は一九二〇年に出版された『パンチータ叔母の物語』(*Los cuentos de mi tia Panchita*) に収められている。

昔、豊かに暮らす未亡人がいました。その人には一人の娘がいました。顔がとても美しく、母親は資産家の男に嫁がせたいと思っていました。何人かの候補者がやって来ました。皆そろって誠実で、働き者で、裕福でしたが、大金持ちではなかったので、どの縁談もむげに断られました。

ある日の午後、娘は窓から外をのぞいていました。身なりは整えていましたが髪は束ねていませんでした（そう言えば、彼女の髪は膝の辺りまで伸び、乱れ髪にしていました）。しばらくするとそこに一人の紳士が馬にまたがって現れました。とても美男子で、立派な服装をし、竜舌蘭で作った上質の帽子を被り、肌は浅黒く、黒目で、先がピンとはね上がった口ひげをたくわえていました。馬は銀の蹄《ひづめ》、金銀の馬具一式を備えた見事な馬でした。男は娘に恭しくお辞儀をしてからウインクをしました。彼の歯がすべて金歯だと娘は気がつきました。馬は通り過ぎる時に後足で立って上手にひと回りしました。馬上の男は通りの角からもう一度娘に挨拶をしました。母親にこの話をしようと娘は急いで奥へ入りました。

次の日の午後、母娘は着飾って窓辺に立っていました。その紳士はまがまがしいほど真っ黒な別の馬に乗ってまた現れました。今度の馬には金の蹄や金の馬銜《はみ》〔馬の口にくわえさせる馬具〕、金と絹の手綱、金の鋲《びょう》を散りばめた鞍《くら》が取り付けられていました。未亡人は、男の胸飾り、懐中時計の鎖、そして左の小指にダイヤモンドが輝いているのに気がつきました。歯がすべて金歯であることも分かっていました。二人の女はその紳士の挨拶に愛想よく応じました。

翌日も真っ昼間から二人は晴れ着を着て、窓辺に立ち、角の方をちらちら見ていました。しばらくすると、十月の夜闇を切り取ったような黒い毛並の馬に乗った件の謎の紳士が現れました。蹄鉄《ていてつ》は金で、金の馬具にはルビー、ダイヤモンド、エメラルドが散りばめられていました。

男が二人の前で馬を止めて降りるのを見て、彼女たちは天にも昇る心地になりました。仰々しく挨拶をした男を家に招き入れました。都合のよい相手には親切な母親が、男を歓待し、馬の世話をさせるため召使いを呼びました。

謎の男は、何の某《なにがし》と名のると、重要な人物たちの推薦状を見せ、自分の資産について語ったうえで、二人を自分の別荘へ誘い、最後に娘を妻として迎えたいと言いました。まだプロポーズも終わらないうちに母親は喜んで娘を差し上げますと答え、彼を私の息子と呼んだのです。

その日から二人の女はそわそわと浮き足だち、日ごと、男の別荘を訪ねては夜ごと舞踏会や晩餐《ばんさん》会に興じました。このときからいつも馬車に乗って、歩くことはなくなり、盛んに贈り物をやり取りしました。

ついに結婚式の日が来ました。紳士は教会ではなく家で婚礼を挙げたいと言いました。神父が来ると花婿が走って逃げ出そうとしたのには誰も気がつきませんでした。

結婚したばかりの二人は夫の仕事がある別の町に移りました。夫婦二人だけになると新婚生活の初日から、夫はみんなを唖然《あぜん》とさせるような曲芸ができる、妻を楽しませるために何度もやってみせると昼食の時に言いました。すぐさま、ハエのようにやすやすと壁や天井を這い回り、アリに化けて、空っぽの瓶に入り、そこから滑稽な顔を妻に次々として見せました。その後、瓶から出ると彼の体は天井まで届くほど伸びました。これが毎日昼食と夕食の時間に繰り返されました。未亡人は娘に会いに来た折に夫のやって見せる面白い芸の話を聞かされました。食卓に着くと、姑は婿に娘が話した曲芸を見たいと頼みました。頼まれるまでもなく、婿は壁や天井を歩き出し、知る限りの珍しい芸を繰り返しました。姑はあきれ果ててその時から疑いの念を抱きはじめました。

二、三日経って、娘夫婦を再び訪ねました。とてつもなく重い蓋《ふた》の付いた小さな鉄の水差しを携えていました。昼食の時、婿に曲芸で楽しませてほしいと頼みました。すると婿は喜んで逆さまになり天井を這いつくばって見せたのでした。その後、姑は水差しを差し出して尋ねました。「あなたは絶対にこの中には入れないわよね」

婿はさっと上からとび降り、小さな水差しの中にやすやすと入ってしまいました。カーテンの陰では蓋を持って二、三人の男が待ちかまえています。姑が合図を送ると、彼らは突進して水差しに蓋をしました。婿はすさまじい声をあげ、必死に出ようともがきはじめました。妻が蓋を開けるために手を出そうとしましたが、母親は娘にきっぱりと言いました。「おまえの亭主は正真正銘の悪魔だというのが分からないのかい。この前来た時、おまえの旦那がまともな人間ではないと気がついた。司祭様に相談したら、そいつは悪魔に決まっていると説き伏せられたよ。悪魔から逃れることの方法を私に思いつかせてくれた神様には心から感謝しなさい」

その後、水差しを背負った男たちを従えて、姑は自ら山に向かいました。深い穴が掘られ、娘婿を封じ込めた水差しを埋めてしまいました。婿は激怒して怒鳴り、姑を声高に罵り続けました。

本当にその男は悪魔で、母親が悪魔を埋めたその日から、再び大罪を犯す者はいなくなり、小悪魔に煽られて犯すのはちっぽけな罪だけでした。誰しもがとても善良に見えましたが、神様だけがこれから先どうなるかご存知だったのです。

みんなが幸福のまま何年も経ちました。埋められた哀れな悪魔は姑を呪い続けました。ある日、子ども用のマリンバを後生大事にしているきこりがその場所を通りかかりました。無一文で着替えのズボンさえもありません。足元から大きな声が聞こえたように思い、立ち止まって耳を地面に押し当てました。底の方から誰かの声が伝わって来ました。「誰でもいい、私をここから出してくれ」声が聞こえてくる場所をきこりは掘りはじめました。二、三時間後に水差しを見つけました。その中から叫んでいました。「私をここから出してくれ。必ずお返しはする」

男は尋ねました。「この水差しの中に入れるほど小さな者などいるだろうか」

水差しの中の男が答えた。「出してくれれば分かるさ。あんたをすぐにも億万長者にしてやる」

誘惑の神に偶然にも遭遇し、金持ちになれるという話を耳にした貧しい男は、力を振り絞ってひとりで蓋を外しました。悪魔も悪魔で力の限り押し上げたのも確かです。蓋は吹っ飛んで空中に消え、悪魔は炎に包まれて現れ、山は硫黄の臭いを放つ煙に覆われました。かわいそうなきこりは地面に倒れて生きた心地がしませんでした。我に返ると、悪魔が近づき自分が埋められた時の話をしました。「お前さんにお礼をするために町に行こう」ときこりに悪魔が話しかけました。「私は先に行っていろいろな人間の中に、町で一番の大金持ちや名士たちの中にも入り込むよ。すると、そいつらの気がおかしくなる。そこへお前さんは医者になりすまして、病気を治してやると言って町に現れるんだ。病人の耳元で、私に『おまえを水差しから出してやった者だ』と、ささやくだけでよい。そうしたら、体からすぐに飛び出すよ。だが、お前さんが近づいて来て、私が『だめだ』と言ったら、しつこくしない方がいい。無駄だからだ。分かったかい。注意しておくよ」

そして、事はうまく運んだのです。二人は町に向かって出発しました。きこりは医者だと触れ込みました。二、三日後にまさしくある偉い伯爵がひどい錯乱状態に陥りました。王国の最も有名な医者たちが診察しましたがすこしもよくならなかったのです。最近来たばかりの医者が治してみせると申し出たことがすぐに知られました。病人のもとに医者が着きました。すると、瓶詰めにして持ってきたにせの薬をスプーン一杯ずつ一時間ごとに病人に与えました。アニリンを混ぜたただの水でしかなかったのです。スプーン三杯分を与えた後、伯爵の耳元に近づいて、「私はお前を水差しから出してやった者だ」と言いました。すぐに悪魔が出て来て、けろりと治りました。そこで医者は歓待され、お金をたっぷり与えられました。

さまざまな精神錯乱の症例が続出しましたが、そのほとんどの患者が、何某公爵、何某公爵夫人、何某侯爵などでした。全員がその医者のおかげで治りました。手に入れた金貨をしまう場所もないほどでした。ついに王妃が病気になりました。もう限界でした。王妃は一時も安静にしていられず、もはや王様は激怒し、耐え切れなくなって、とうとう王妃を縛りつけなければならなくなりました。あの評判の医者を呼ぶようにと王様は皆に言われました。医者がやって来ると、妻の病気を治してくれれば主治医にしてやる、ばく大な富を与えると告げたのです。王妃を必ず治してみせる、失敗したならば首をはねてもいい、ときこりは法螺《ほら》を吹きました。

そして水の入った瓶を持って近づき、スプーン三杯分を王妃に飲ませました。三杯目を与えた時に病人の耳元でささやきました。

「私です。あなたを水差しから救い出したのは」

「だめだ！」

悪魔はそう答えました。

これを聞いて男はおじけづきました。一体どうすればいいんだ。もう一度病人の耳元で言いました。

「お願いだから出て来てくれ！　でないとおれは殺される」

何度頼み込んでみても無駄でした。悪魔はだめだ、だめだと言い張ったのです。見たところ王妃の頭の中はとても居心地がよさそうでした。

きこりは王様に三日間の猶予を願い出ました。かわいそうな王妃にアニリン入りの水を飲ませ、ひたすら悪魔に出て来てくれと、手をすり合わせて願うしかなかったのです。期限が切れそうになった時ふとある考えが浮かびました。楽団を招き、爆竹や花火を買い、宮中の一人ひとりに缶や銅器のがらくたを渡し、棒を持たせると、彼の合図でみんなで大声を出して、缶をたたき、花火を打ち上げ盛大にドンチャン騒ぎを始めるようにと頼んだのです。

そのとおりに行われました。その時きこりは王妃の耳元に近づいて悪魔に懇願しました。「お願いだからどうか出て来てくれ……」

返事はせずに悪魔が尋ねました。

「いったいこの騒ぎは何だ」

「待ってください。何があったのかを見て来る」

きこりがすぐに戻って来て言いました。

「さあ、たいへんだ、どうしよう！　あんたの居場所を突きとめた姑が、もう一度あんたを瓶の中に閉じ込めようとやって来たんだ」

「あの老いぼればばあのところなんて間違っても行くもんか」

悪魔は言いました。

こうしてはいられない、悪魔は慌てて出て来ると、そのまま地獄へ転げ落ちてしまいました。王妃は回復し、きこりは金持ちでひとかどの名士になり、妻子を呼び寄せました。そして、一家そろって、王様から贈られた邸宅に暮らすことになりました。それ以来、みんなで幸福な日々を過ごしました。

ヤグアイー

オラシオ・キロガ

鈴木宏吉 訳

オラシオ・キロガ (Horacio Quiroga 1878~1937)

ウルグアイの作家。当初モデルニスモの散文作家として出発。アルゼンチン北東部のミシオネス地方の探検に加わり、以後生涯の大半をこの熱帯性辺境で過ごす。二〇年代から生まれる「大地小説」の先駆者。「ヤグアイー」(Yaguaí) は短編集『愛と狂気と死の物語』(*Cuentos de Amor de Locura y de Muerte*) の中の一編。作品はすべて短編で代表作は「アナコンダ」(Anaconda) など。

そうだ、あそこだったはずだ。ヤグアイー〔先住民グアラニー族の言葉で犬を表すヤグアに因んでいる〕はその石、硬い鉄鉱石の塊の臭いを嗅ぐと、その周りを用心深くひと回りした。ミシオネスの真昼の日差しに、大気は黒い石の上で揺らめいており、それはこのフォックス・テリアにとって魅力のない現象であった。だが、その下にはトカゲがいた。そこで犬はまたその周りをひと巡りして、隙間の一つに荒い鼻息を吹きつけた。それから種族の名誉のためとばかり、その燃える塊にさっと爪を立てた。それが済むと、犬はのろのろとした歩みで、右に左にと律義に臭いを嗅ぎながら戻っていった。

食堂に入ると、食器戸棚と壁の間に横たわった。そこは涼しい隠れ場所で家中の者がみな反対していたが、犬はそこをわがものと思っていた。しかし、その薄暗い片隅は、気圧が低く風がない時には快適だったが、北風の吹く日には居られたものではなかった〔南半球のミシオネスでは北風は赤道から吹くため暖かい〕。まさに、これがこのフォックス・テリアの得た新知識の一つで、その体内にはまだ爺さんたちや自らの故郷でもあった温暖の地、当地とは正反対の気候の、ブエノスアイレスの遺伝子が疼いていたのである。そんなわけで、犬は戸外へ出ると、熱い風の中を、一本のオレンジの木の下に身を置いた。お陰で呼吸は大分楽になった。犬はほとんど汗をかかないが、ヤグアイーも風の流れに舌をあえがせその気化作用の恩恵を享受した。

温度計はこの瞬間摂氏四十度に達していた。だが血統のよいフォックス・テリアはじっとしていることに、とりわけ信用がならなかった。灼熱の真昼、赤い砂が熱さを増す火山台地で、さらにトカゲがいるとあっては。

いまや口を閉じたヤグアイーは金網を飛び越え、狩り場の中央に出た。九月以降、猛暑の昼下がりにはほかにやることがなかった。今回はもう残り少なくなったトカゲを四匹追いかけ、うち三匹を捕獲して、一匹を取り逃がした。そこで水浴びへと出かけた。

家から百メートルほど先、火山台地のふもとにあるバナナ園の近くに、ごつごつした石を使った独創的な形と仕上がりの水場が一つあった。ある専門家がダイナマイトを使って始めたのを、アマチュアの一人がシャベルで仕上げたものである。実際には水の深さは二メートルにもたらず、池のように片側が長い急斜面になって広がっていた。それは浅くはあったが、二か月の旱魃《かんばつ》に耐えうることで、ミシオネスではとても貴重であった。

その場所でフォックス・テリアはいつも水浴びをした。最初は舌を濡らし、次に水の中で腹ばいになり、最後は泳いで横断した。帰り道はなにかの臭跡がなければ、そのまま家に帰った。日が暮れると水場に戻った。そんなわけで、ヤグアイーはノミにはいささか悩まされても、この犬種がそのように作られたのではない熱帯の暑さにはよく耐えたのである。

フォックス・テリアの闘争本能は通常枯れ葉に向けて発揮された。それから蝶や自分の影へと進み最後にトカゲに目を奪われるのであった。家中のネズミを追い回している十一月でさえ、トカゲは大きな魅力であった。なにやかやとシエスタ（昼寝）にやって来る農夫たちは、いつも炎天下で執拗に小穴を嗅ぎまわるその犬を褒めたが、彼らの褒めるのは狩りのことに限られていた。

「そいつはちっぽけなものしか相手にできんよ……」とある日一人の農夫が振り向いて犬を指差しながら言った。

ヤグアイーの持ち主がそれを聞いていた。

「多分そうだろう。だがお前さんたちの名だたる犬のなかでこいつと同じことができるやつは一匹もおるまいよ」と答えた。

男たちはそれには答えず顔を見合わせて笑った。

もっとも、クーパー氏は山の犬のことを、その犬たちの獲物を追い詰めて狩りをする素晴らしい能力をよく知っていたが、彼のフォックス・テリアにはそれが欠けていた。フォックス・テリアを訓練してはどうか？　ひょっとしたらと思ったが、そのとき彼にはそうするだけの手立てがなかった。

丁度その同じ日の午後、一人の農夫がインゲン豆を食い荒らす鹿の苦情をクーパー氏にぶつけてきた。猟銃を貸してほしい、良い犬を一匹持っているが、棒では鹿どもをなかなか追い払うことができないからと……。

クーパー氏は猟銃を貸すことにした。そしてその晩自分もその畑に行こうと申し出た。

「今夜は月が出ない」と農夫が異を唱えた。

「構わない。あんたの犬を放してもらえば、わたしの犬がその後を追うかどうか分かるだろう」

その夜二人は畑に行った。農夫が自分の犬を放すと、犬は真っすぐに一つの臭跡を追って山の暗がりへ飛び込んでいった。

連れの犬が走り出すのを見て、ヤグアイーはカラグアタ〔グアラニー語、リュウゼツランの一種〕の柵を通り抜けようとしたがうまくいかなかった。やっと通り抜けに成功すると前の犬の後を追った。しかし、二分後には、ヤグアイーはそのちょいとした夜の遠出に大満足して帰ってきた。やったぜ、辺り十メートル以内のすべての小穴を嗅いできてやった。

しかしながら、山の中の臭跡を追って夜の明け方から午後の三時まで走り詰めの狩りをすること、それはできなかった。農夫の犬は遠くまで続く臭跡を一つ見つけたが、直ぐに見失ってしまった。

一時間後に主人のもとに戻ってきた。それでみなは一緒に家に戻った。

このテストは、決定的なものとはならなかったが、クーパー氏を落胆させた。だが彼は直ぐに忘れてしまった。一方フォックス・テリアはネズミや、大トカゲ、時には穴の中にいるキツネやトカゲを捕まえ続けた。

この間、酷暑の灼熱した白昼の空の下、野菜をぐったりと萎《しお》れさせる北風が執拗に吹き、目の眩む鬱陶《うっとう》しい日々が続いた。かすかな雨の期待すらなく温度計は三十五から四十度を指していた。四日間息詰まる無風と気温の上昇が続いた。まるひと月もの間北から受け続けた熱風のお返しに、南から豪雨がもたらされるだろうとの期待も空しく、人々は旱魃の被害を覚悟した。

そのときから、フォックス・テリアはお気に入りのオレンジの木の下に座って過ごすようになった。それは気温がある適正範囲を超えると、犬は腹ばってでは息がよくできないのである。舌を垂れ、目を半ば閉じて、犬は春に発芽したものすべての死に行く様を眺めていた。畑はすぐ駄目になった。トウモロコシ畑は鮮やかな緑から黄色味がかった白に変わり十一月末の荒廃した開墾地の黒土には実のない茎の列だけが残った。すべての畑の中で勇敢なマンジョーカ畑〔キャッサバとも言い、根を食用、タピオカの原料になる〕だけが生き残りをかけて頑張っていた。

フォックス・テリアの水場は、その湧き水が涸れ、緑色の水は日に日に減って、いまや熱さから、森の旱魃でこの水場までやって来るようになったテンジクネズミや、オオテンジクネズミ、フェレットの臭跡を見つけても、ヤグアイーは早朝にしか水場に行こうとはしなくなった。

水浴びから戻ると、犬はまたいつものところに座って、徐々に風が増すのを眺めていたが、夜明けに十五度まで下がった温度計が午後の二時には四十一度に達していた。空気が乾燥するのでフォックス・テリアは三十分おきに水を飲みに行った。そこでは水桶に押し寄せる渇きで死にそうなスズメバチやミツバチと争わねばならなかった。バナナの木、あずまや、そして赤い花を付けたつる植物の三つが作る日陰では、地面にうずくまったニワトリが羽を広げて喘いでおり、瞬時にして赤アリをも焼き殺す太陽の下、燃えるような砂地の上へ、一歩たりとも出ようとする気配を見せなかった。

周りの、フォックス・テリアの目の届く限りのものすべて、鉄鉱石の塊や、火山岩の砂利、森そのものなどが、暑さに酔い、揺らめいていた。西の方、二つの山脈の山あいには、鬱蒼《うっそう》とした谷間があり、その底にパラナ川が横たわっていたが、この時間、その青白色の流れは澱み、生気を取り戻そうと日没を待っていた。その時までかすかに燻《いぶ》されたようであった大気が水平線上で濃い水蒸気のベールを纏《まと》うようになり、そのベールを通して、川面に落ちた太陽が真っ赤な血の円を描き、気息奄々《きそくえんえん》としていた。そして風はまったく途絶え、いまだ焼けるような大気の中を、台地のあたりでヤグアイーが小さな白い染みのようなからだを引きずっており、ルビー色に凝固した川に静かな影を落とす黒いヤシの木々が、景観に豪華でほの暗いオアシスの感じを醸《かも》し出していた。

同じような日々が過ぎていった。フォックス・テリアの水場が干上がり、そのときまでヤグアイーの免れてきた生きることの苛酷さがその日の午後を境に始まった。

以前よりその白い子犬はクーパー氏の友人の一人からひどく懇望されていた。その友人はジャングルに住む男で、長いことタテト〔グアラニー語、野猪の一種〕の狩猟をしていた。その狩り用に三匹の素晴らしい犬をもっていたが、その犬たちがとかくコアティ〔グアラニー語、ハナグマのこと〕を追いかけたがる傾向があり、それは猟師にとって時間の浪費であるばかりか、大惨事の恐れもあった。コアティはその捕らえ方を知らない犬の首を普通食いちぎってしまうからである。

ある日フォックス・テリアがイララ〔ポルトガル語、イタチ科の動物タイラのこと〕との事件で活躍するのを見たフラゴソは、ヤグアイーがその相手を完全に動けなくさせたことから、この犬が正確に背峰と首の間に噛付くことができる特殊能力を持っており、どんなにその尻尾が短くても並みの犬ではないと考えた。そこで幾度となくクーパー氏にヤグアイーを貸してくれと頼んでいた。

「旦那、あなたのためにやつを上手く仕込んであげますよ」と言うのであった。

「まだ早い」とクーパー氏は答えた。

しかし、このうんざりするような日々の中を、フラゴソが訪ねてきたことで、頼みごとの返事だと察したクーパー氏は、彼の犬に走り方を覚えさせてくれと犬を手渡した。

走るようになった、確かに、クーパー氏自身が期待した以上であった。

フラゴソはヤベビリ川の左岸に住んでいた。彼は十月にマンジョーカ畑に種を植えたが、収穫には未だ間があった。そしてトウモロコシとインゲン豆の半ヘクタールの畑は旱魃で全滅していた。この豆類の全滅は猟師にとって痛手であったが、ヤグアイーにはさほどのこととは思えず、むしろ新しい食餌のことが気にかかった。クーパー氏の家では、茹でただけのマンジョーカの前でご主人の気を損ねぬよう尻尾を振り、料理女との完全衝突を避けてトウモロコシのスープ皿の端を三、四度嗅いでいたヤグアイーにも、磨き上げんばかりに皿を舐め尽くし、食後に毎日いただく一握りの固ゆでトウモロコシをもらおうと、食事をとる主人を見つめる三匹の仲間のぎらぎらと光る眼の苦しみが分かってきたからである。

三匹の犬は夜になるとてんでに狩りに出かけた。これも猟師の教育システムに入っていた科目であった。飢えは、当然のごとく犬たちを森に向かわせ獲物を追跡させることになったが、フォックス・テリアの場合この世で唯一食べ物を見付けられる農場から離れぬようにさせた。獲物をむさぼり食らわぬ犬は常に悪しき猟犬である。そしてまさにヤグアイーの属する犬種は単なるスポーツとして狩りをするように創られていた。

フラゴソはフォックス・テリアに少し覚えさせることにした。しかし、彼の三匹の犬が展開する作業にヤグアイーが役立つよりか害になることから、以後ヤグアイーを農場に格下げして仕込むにはもっとよい時期を待つことにした。

そうこうしている内に、前の年に取れたマンジョーカが底を尽きはじめた。トウモロコシの最後の穂も白くなって、実をつけずに地面に転がっていた。そして、飢えを背負って生まれてきたような三匹の犬にとってもはや苛酷となったその飢えがヤグアイーの臓腑を掻き毟《むし》った。この新たな暮らしにフォックス・テリアは驚くほどの早さでこの地方の犬たちが見せる卑屈で不実な低姿勢を身に付けた。そして夜間近所の農場を嗅ぎまわることを覚えた。四肢を柔軟に屈めて慎重に前進し、アフリカハネガヤの根元にゆっくりと、物音を立てずに身を潜めた。どんなに怒りや恐怖を感じても決して吠えないことと、農場を略奪から守ろうとする小犬相手のときには声を出さずに唸ることを覚えた。ニワトリ小屋に行った時には、上に重ね置かれた二枚の皿を鼻先で外し、脂の付いた缶を一つ口にくわえて持ち出しては、安全地帯の草むらで中身をこそげとることを覚えた。脂を塗り込んだ革の鞭や、脂で磨いたドタ靴、鍋にこびり付いたお焦げ、ときには竹筒に保管された採蜜などの味を覚えた。人がやって来ると道から離れて草むらに潜み、眼で後を追うという必要な用心深さを身に付けた。そして一月の末には、眼をらんらんと光らせ、耳をしっかりと眼の上に翳《かざ》し、尾をピンと立てた挑戦的なフォックス・テリアから、耳のだらりと後ろに垂れ、力なく尾を尻に隠した、疥癬《かいせん》病みの不実な骨皮筋《スジ》衛門の姿になって、こそこそと足早に道を駆けるようになった。

旱魃が続いていた。森は次第に立ち枯れし、動物たちは以前の大きな川がいまや幾筋かの水の流れになって残っている場所に集まってきた。三匹の犬はその水飲み場への道を苦にもせずに通ったが成果は乏しかった。その水飲み場にヤグアレテイ〔グアラニー語、ジャガーのこと〕も頻繁に来るようになり、狩りが当てにできなくなった。畑の荒れが心配なうえに、その地主とも新たな揉めごとを抱えたフラゴソはたとえ空腹を感じたにせよ狩りをする気分にはなれなかった。かくして状況がさらに深刻化する恐れがあったとき、思いもよらぬことから哀れな猟犬たちにもすこし息がつけることになった。

フラゴソがサン・イグナシオに行かねばならなくなり、一緒に出かけた四匹の犬はその拡げた鼻腔で、この猛暑と旱魃地獄のなか辛うじて生命を保っている野菜の爽やかな気配を、それも微かにと言うべきだが、感じとったのである。実際、サン・イグナシオの被害はまだましで、哀れな姿ではあったがいくつかのトウモロコシ畑がしっかりと立ち持ちこたえていた。

犬たちはその日食べ物にありつけなかった。しかし、馬の後を喘ぎながら帰ってゆくさなかにも、あの新鮮な感じを忘れなかった。そこでその晩四匹は一緒になってサン・イグナシオへと口も利かずに速足で向かった。ヤベビリ川の岸辺で立ち止まると、水の匂いを嗅ぎ、震える鼻面をかざして対岸を見た。そのとき、黄色がかった下弦の月が出ていた。犬たちは、石のあるところではその上に飛び乗り、通常は水深三メートル足らずの流れを泳いだりして、用心深く川を渡った。

からだから水を振るい落とすこともほとんどせずに、四匹は再び最寄りのトウモロコシ畑を目指して静かに執拗に走りだした。その畑でフォックス・テリアは仲間たちが歯で茎を噛み砕く様や、実をつけた穂ばかりか実のない穂までガツガツと歯音を立てて食べる姿を見た。ヤグアイーもそれに倣った。かくして下弦の月の不吉な光で一層不気味に見える暗い焦げた木々の墓場の中で、犬たちは一時間に亘りトウモロコシの茎の間をここかしこと移動し、互いに唸り声を発した。

それからさらに三度犬たちは出かけた。そして最後の夜に、至近距離からの一発の銃声が犬たちに警戒心を呼び起こさせた。しかしこの冒険もフラゴソがサン・イグナシオに引っ越すことになり、犬たちはさほどそのことを気にしなくなった。


ついにフラゴソは開拓地の奥地に移住することができるようになった。笹竹の混生する森はそれが良質の土地であることを告げていた。その群がり生える竹やぶをマチェテ（山刀）で切り倒せば素晴らしい畑になるはずであった。

フラゴソが居を構えたときには、竹が枯れはじめていた。奇跡的に雨が降るのではないかと信じて、すぐに四分の一ヘクタールほどを伐採し焼いた。実際、天候は不順になり、白熱の空が鉛色に転じ、最も暑くなる時刻には水平線上に蒼白い積雲の縁飾りが透かし見られるようになった。温度計は三十九度に達し、激しく吹く北風が遂に十二ミリの雨をもたらした。フラゴソはそれを利用してトウモロコシを蒔き、大いに満足した。種が芽を出し、五ミリまで立派に育つのを見た。しかしそこまでであった。

竹やぶでは、多数のげっ歯類が生息しておりその芽も餌にする。竹やぶが枯れると、寄生動物たちは四散し、飢えが彼らを必然的に農園へと向かわせる。かくして、ある晩のこと、出かけたフラゴソの三匹の犬たちがすぐに噛まれた鼻先を擦りながら戻ってきた。フラゴソは同夜彼の脂缶を狙った四匹のネズミを殺した。

ヤグアイーはその場に居合わせなかった。しかし、次の日の晩仲間の犬たちと一緒に森の中に入り込んだヤグアイーは（フォックス・テリアは臭跡を追うことはないが、アルマジロの殻を外すこと、ウズラの巣を見つけることは完璧にできた）、仲間が畑を横切らずに遠回りするのに驚いた。だが、ヤグアイーは委細構わず突っ切った。次の瞬間足の一つを噛まれ、黒い影が素早く四方に散った。

ヤグアイーはその正体を見破った。すると瞬時にして、熱帯の森の全く野蛮で悲惨なかに、目をらんらんと光らせ、硬く尾をぴんと立てた、あの素晴らしい英国犬のあふれんばかりの闘志が姿を現した。飢えも、屈従も、身に付けた数々の悪徳も、四方から湧き出たネズミを前に、すべて一瞬のうちに消え去った。そして、死ぬほど疲れ、血にまみれて体を横たえようとやっと戻ってきたとき、今度は文字どおり農園に侵入してきた飢えたネズミどもを追いかけねばならなかった。

フラゴソはそれまでの記憶にないその犬の突然見せた神経と筋肉のエネルギーに魅了されて、イララと以前闘ったときの思い出が脳裏に浮かんだ。そのときと同じ背峰への噛み付き、顎でガッと一撃して、次のネズミを追いかける。

そしてまたフラゴソは忌まわしいこの襲来がどこからやって来るのかを察して、長いこと大声で罵っていたが、自分のトウモロコシ畑はないものと覚悟した。ヤグアイー一匹で何ができようか？

彼はフォックス・テリアを優しく撫でながら畑にでると、犬たちに口笛を吹いて合図した。しかしジャガーを追いかける犬たちでさえネズミの歯を鼻面に受けると、悲鳴を上げてそこを前足で擦るのだった。その夜の戦さの主役はフラゴソとヤグアイーであったが、その戦果と言えば彼は手首を痛め、ヤグアイーは息をするたびに鼻から血泡を吹いた。

十二日間、トウモロコシ畑を守ろうとフラゴソとヤグアイーは死力を尽くしたものの、畑はすっかりだめにされてしまった。ネズミは、ゴイサギのように畑に蒔いたばかりの種を上手に掘り出す。天候も、猛暑がぶり返し新たな作物の育つ影さえ許さなかった。そこでやむなくフラゴソは仕事を探しにサン・イグナシオに行くことにし、同時にもう飼えなくなったその犬をクーパー氏の元へ連れ戻すことにした。そうすることは本当に辛かった。フォックス・テリアをその狩りの本舞台に登場させたここ数度のネズミ退治のなかで、この白い小犬の果たした働きが猟師の評価を大いに高めていたからである。

途中、フォックス・テリアは遠くのほうでヤベビリ川のヨシの原が旱魃で野火を出し破裂音を響かせているのを聞いた。森のそばでは牛たちがアブの大群に耐えながら、カツアーバの木〔センダン科の高木〕を胸で押し、その葉に届くまでかぶさるようにして幹を押し曲げているのを見た。熱帯の森に生える硬いサボテンがロウソクのように曲がっているのも眼にした。そして気温三十八度から四十度の夕暮れ時のもやのかかった水平線を、太陽が赤くくすんだ円となって息も絶え絶えに沈んでゆくのを再び眺めた。

三十分後にフラゴソはサン・イグナシオに入った。クーパー氏の家まで行くには遅すぎたので、訪問を翌朝に延ばした。三匹の犬は腹を空かせて死にそうであったが、見知らぬ土地をうろつく勇気はなかった。しかし、ヤグアイーは別で、以前クーパー氏の馬前を駆けた記憶が突然よみ返り、一目散に主人の家を目指した。

四か月に及ぶ旱魃という異常事態に見舞われていたこの地方では〔それがこのミシオネスでは何

を意味するか分かってほしいのだが）、食べ物が豊富なときでさえ腹を空かせていた農夫の犬どもが、今や夜間の略奪を忍耐できぬほどに繰り返していた。真っ昼間、クーパー氏も犬にニワトリを三羽森へ持ち去られたことがあった。ある怠け者の入植者が悪知恵を働かせて自分の犬たちに盗みを覚えさせ獲物を主従で分かち合っていたのを思い起こせば、クーパー氏の堪忍袋の緒が切れて、夜の盗賊どもにだれかれの容赦なく猟銃をぶっ放すようになったことも理解されよう。散弾を使ったが、同様の厳しい効果を挙げた。

さて、ある夜のこと、床に就こうとしていたクーパー氏は、爪で金網を押し破ろうとする怪しい物音を耳にした。またかといった様子で猟銃を取り外し表へ出た彼は中庭を白いものが近づいてくるのを目にした。すかさず発砲した。耳を突き刺すような犬の悲鳴と後ろ足で這《は》いずる姿に、彼は一瞬どきっとした。だがその形容しがたい恐怖もすぐに消えた。彼がその場に行ってみると、もはや犬の姿はなかった。それでまた家に戻った。

「なんだったの、パパ？」と娘がベッドから聞いた。「犬だった？」

「ああ」とクーパー氏は答えると猟銃を吊るした。「近くから撃ってやった……」

「大きな犬だった、パパ？」

「いいや、ちびだった」

「ヤグアイーだわ！」フリアは続けた。「どうしただろう！」

突然クーパー氏は犬の悲鳴を聞いたとき受けた感じを思い出した。ひょっとしてあれはヤグアイーだったろうか……だがそんなことはあるまいと思い直して、彼は静かに眠りに就いた。

翌朝、早々《はやばや》とクーパー氏は血の跡を追った。バナナ園の水場のへリで彼のフォックス・テリアが死んでいるのを見つけた。最悪の気分で家に戻ると、フリアが最初に訊ねたのは小さな犬のことであった。

「死んだの、パパ？」

「ああ、あの水場のところで……ヤグアイーだった」

シャベルを手にすると、悲しみにくれる二人の子どもを連れて、水場に向かった。フリアは一瞬身を止めて見詰めた後、ゆっくりと近づくとクーパー氏のズボンの脇ですすり泣いた。

「なんてことしたの、パパ！」

「分からなかったのだ　フリア……ちょっと離れていておくれ」

バナナ園に犬を埋葬すると、上の土を踏み固めた。それから二人の子どもの手を引きながら、ひどく気落ちした思いで家路に就いた。子どもたちは父親に気づかれぬようそっと涙を流した。

魂

フリオ・ガルメンディア

水町 尚子 訳

フリオ・ガルメンディア (Julio Garmendia 1898~1977)

ベネズエラの作家。最も著名な前衛作家の一人。「魂」(El alma) は一九二七年に出版された『人形の座』(*La tienda de muñecos*) に収められている。魂を悪魔に売り渡すという世界的伝説にモチーフを見出しているが、扱い方はユニークでサタンはやさしく、人物たちの会話は、前衛派独特のあいまいさが特色である。

一

　私の部屋に悪魔はいったい何を探しに来ているのか。なぜわざわざ私を誘惑しようとするのか。悪魔が魔力で私を従わせようと出向いて来るなんてことは、人々の中に誘惑の種をばらまくやり方にしては、あまりにやりすぎだし、甚だしい時間の浪費だと思えてならない。今まで罪を犯そうとやつのお出ましを願ったことなど一度だってない。逆に今この瞬間にだって悪魔がやっきになって罪を犯させたがる高潔な人々は確実に存在する。悪魔の所業に似つかわしい多くのご立派な人間たちがいることも疑いようのないことだ。

　悪魔が部屋の辺りをうろついているのを見ながら、そんな思いにふけっていた。彼は強引に押し入っては来なかったが、窓辺に寄りつき、優しい興味津々といった視線を向けてきた。私に対する悪魔の振る舞いは、まるで乙女に乱暴なプロポーズをして、彼女をおびえさせたり、永久に取り逃がしてしまうことを恐れているかのようだった。そこで私は彼の機先を制して、呼び掛け招き入れた。すぐにその場の状況を理解すると、しれっとして傍らに座った。

「失礼ながらセニョール」と彼は言った。「何としてでも、あなた様の魂を買い取らせてほしいのです」

　その申し出には驚かなかった。以前からこの手の取引は彼の専売特許だと十分に承知していたからだ。

「ああ、セニョール」と私は彼に言った。「あなたの申し出を喜んでお受けしましょう！　でも、おっしゃってください。あなたはもしかして、私に魂があると信じていらっしゃるのですか」

「いいえ、確かとは」と彼は答えた。「契約を結ぶ前に私たちはそのことをきっちりと確かめる必要がありますね。いかなる弁護士も、たとえ二流の弁護士でも、売買には売り買いする物があることが肝要だと言いますからね。あなたの体の中に魂があるかどうか調べましょう（魂のない人たちは、たくさんおります）。もし魂がある場合は心配せずに直ちに私にお売りください」

「もっとも魂がなければ、あなたに売るのを心配することもないわけですね。不滅の魂の持ち合わせがなければ、良心のとがめなど何ひとつありませんから。悪事を働いたとしてもどうしてあの世で罰せられるでしょう」

「セニョール」悪魔は答えて「私たちの取引を正式なものにいたしましょう。いいですか。しばらくの間、親しい仲間同士として一緒に行動することになります。その間に、あなたの中に自由で気高い魂の証拠を見つけられるか注意して観察しますから」

私は彼の手をギュッと握りしめた。

「よろしければ」と彼に言った、「すぐに、旅を始めましょう。異常な事態やとてつもない危機に見舞われたら、その時こそ真に不滅の魂を知る機会となるでしょうから」

二

「わが友サタンよ、私の中に魂を見つけたかどうか言ってくれませんか。もし見つけたとしたら、その価値を一緒に見定められるようすぐに言ってください。たとえそれを持っていないと思っても率直に言ってくれてかまいません。私はそのことで不快に思ったりしません。私を冷血漢呼ばわりしたからといって気を悪くするとは思わないでください。かえって魂を持たなければ、数限りない心配事や煩わしい責任感から開放されるでしょう。私たちの肉体は害のないもので、墓から出ようとはしません。しかし魂は私たちを多くの危険や迷いにさらします。さしあたっては、魂の持ち主かもしれないというだけで、私はあなたと一緒に歩かされているのですよ」

「わが友よ」、彼は私の肩に親しげに手をかけて答えた。「はっきり申し上げましょう。何度も試したり体験してみても結果が得られず、いまだにあなたの中に永遠の魂があるのかどうか確信が持てずにいるのです。魂の確認は難しい仕事ですが、すぐにも解明する手段を一つ持ち合わせています。最適なうえに一番手っ取り早いもので、間違いのない結果が得られると確信しております。それはあなたを殺すことです（死に方はあなたのお好みで）。その後は瞬きをするほどの早さで、私はあなたを魔力によってよみがえらせ、掛け値なしの現在のあなた自身に戻します。この方法は、あなたに十分満足していただける極めて簡単なものです。あなたが死んでいる間、もし魂があれば、その魂は無限の宇宙空間、天国や地獄とやらへも広がっていくでしょう。そしてあなたを生き返らせてから、私が唱える魔法の呪文によって、何一つ損なわずあなたはそこで見たことを思い出すのです。逆にもし死後、永遠の魂がなければ死者は記憶のないまま深く眠り続けることになるのです。あなたを殺すに最もふさわしいやり方は、道具も何の仕掛けもいらない絞殺が好ましいと申し上げましょう」

私はサタンが思い描いた巧妙な策を受け入れた。一月のある夜、輝く満月のもと、人けのない公園の片隅で、心からの友情で固く結ばれた者同士として、彼は情愛をこめて私の首を絞めた。犯行の現場のことは事細かく覚えている。数歩離れた所に黒いフード付きの大きな外套にくるまって警官が眠っていた。そのすぐ前で彼に救いを求めるような卑屈なこともせず、喜んで首を絞められるままになった。

「私の遺体をよろしくお願いしますよ。慈愛の目で見守ってください。そしてこの顔を損なわないよう気をつけてください。すでにその完璧な外面は無慈悲な自然にひどく踏みにじられていますけど」

これが私の今際《いまわ》の際の願いだった。サタンの手で息絶えようとする時、私の視線はふと輝く月面に行き当たり、そのまま意識を失うまでそこから動かなかった。

三

「あの世についてのあなたの話を聞きたくてうずうずしてますよ」とは、あの何も考えず感じもしなかった眠りから覚めた時にサタンが放った最初の言葉だった。満月をじっと見つめて死んだことで、結果は、あの世の王国にいた間はおびただしい球体を見るだけのことという嘆かわしいものだった。それらの球体は何の独創性もなく、それどころか、崇高な精神の存在を匂わせる手掛かりでさえなかった。

この際どい瞬間に私は「明らかに、これは愚かな死だった。むしろ熱に浮かされ、色とりどりの球体に包まれて死んでしまった人にふさわしい死だった」と結論を下した。冗談じゃない！　確かに私をその気にさせた不滅の魂について、つまらぬ下品な表現で私が語るばか話を聞き、サタンは大笑いをする場合ではなかろう。だからこの大変な実験や無駄になった時間、命を賭けた諸々の試みの後で、私には言い分がある。これらの結果に無関心でいてはならない。むしろ、この上ない貴重な魂の持ち主として認めさせること、私の魂の調査にサタンと行動を共にしていたために、ないがしろにしていた長い間、私の取引が被ったに違いない損失を、サタンが魂の代わりに私に与えるもので償わせたいということだ。思えば、私が劣った存在だと私自身が認めて、その何の価値もない魂を二束三文で売らせるために、サタン自からが不滅の魂を密かに眠らせたことだって大いにあり得るではないか。

しかし今やつじつま合わせなど無理だった。悪魔の声が私に結果を語るよう迫ってきた。

それで心を決めて目を開けた。

「ああ、サタンよ！　考えと記憶を整理するので少し時間が欲しいのですが」と彼に言った。「私は本当とは思えない物を数々見たので、行き当たりばったりの舌足らずな言葉では表現し尽くせないのです。あなたに興味深い記憶をすぐにまとめると約束しましょう。それについては極々細部にわたってまでもお話ししてあなたの判断に委ねましょう。しかし確かにあなたはもう、そのことにはうんざりしていらっしゃるでしょうし、長い時間を費やしても、新味はないことでしょうから、起こった事をかいつまんでお話ししましょう。死んで間もなく、二列に並んだいくつかの星々を見ることができましたが、そこはまるでどなたか偉大な大天使のお通りを壮麗な光で照らしているようでした。少し経って、経験したこともない力に背を押されるのを感じ、あの星の回廊をゆっくりとうやうやしく巡りました。それは私の意思に向けた、はるかかなたの力に支えられずには、決してやってみようとは思わないことでした。それでも、私が歩むにつれて後ろの光が次々と消えていくのに気がつくだけの分別は持っていました。回廊の奥に行き当たると突然金無垢の扉が開かれ、外に向けて一層強烈な光がさっと放たれました。その美しい扉から一人の教皇が現れ（もっとも私はその方面には暗いのでそう想像するだけなのですが）私を迎えるように二歩前に進まれました。彼は私の手を取りその扉へ誘い、間違いなくすばらしいものを見せてくださったのです。でもその場を覆っている光の洪水のせいで見ることはできませんでした。それから、あの方はそっと私を引き寄せると、なぜかは分かりませんが、両手を頭の上に置いて私を祝福しようとなさったのです。しかしその瞬間急に、あなたとの悪魔の契約を考えると一瞬たりとも祝福されるなど許されるはずがないことを思い出しました。それと同時に、まさにその瞬間でしたが、警官の数歩離れた所に死体があるということは、あなたを面倒な状況に置いていること、もし彼がふと目を覚ましたら、私の遺体をあなたが見捨てたとみなされかねず、この窮地を脱するために、私の体は面目なくもどこやらの病院に運ばれるだろうということを思い出しました。そこで私は床の上にばたんと倒れ込み、教皇の法衣の裾の中に逃げ込みました。彼はその時私の頭上に熱情を込めて神の祝福をもたらそうと法悦にうっとりとした目を虚空に向けていました。教皇の足元での歩みは長く苦しいものでした。あなたにお話しできるのは夢のような道中を経て、ここに辿り着き、その道すがら不老不死の食べ物のことすら思い起こすことはなかったということです。口から体の中にすばやく入り込みました。あなたを非難するつもりはありませんが、あなたが都合よく閉じておくことを忘れた口からですよ」

　私は難なく上体を起こすと、この調子で続けた。

「ああ、サタンよ、まずはあなたに尽きることのない感謝を申し上げねばなりません。私が不滅の魂の持ち主であることをはっきり証明するためにふさわしい情況を提供してくださった。今は信者たちが、唯物論者と不信心者に対して持つ蔑みをこめた憐憫《れんびん》の情を彼らとともに共有しますよ。唯物論者と不信心者は決して不滅の魂の持ち主たちが覚える崇高な誇りを味わったことがないのですから。それにこの魂は決してありふれたものでも、取るに足らないものでもなく、それどころかこの世を越えた王国で特別な評価を与えられる魂であり、実に貴重極まりないと知って大いに喜んでおります。ですから、どれほどの金額であろうともあなたにそれを売ることを承諾するのは、ひどい屈辱と感じるでしょう」

サタンは、私が所有しているかもしれない魂を売るという契約は正式なものだと指摘した。

「考えても見てください」と彼は言った。「あなたのような高貴な魂の人間は、あなたのおっしゃるように、与えた言質を裏切ることはできません」

「そのとおりですとも」と彼に言った。「ああ、サタンよ、私は約束を反故《ほご》にすることなど思いもしませんよ。魂を金で譲ることを断るのはそれがあまりにも尊く貴重なので、金で価値をはかることはできないと思うからです。でも値のつけられない同じものであればそれと交換することには何ら支障はありません。もしも替わりに平然と嘘をつく能力を与えてくださったら、あなたにお譲りしましょう。魂を取り上げられ天国も失ってしまうからには、替わりにあなたにお願いするこのささやかな才能は、そのうち別の魂と別の天国を我が物とするのに役立つかもしれません」

サタンはこの話に有頂天になって、友情と信頼の証として、私が求めた才能はすでに譲ってあると打ち明けた。

こうして私たちは公園を大きなランプのように照らしている月明かりの中、その夜のそぞろ歩きを続けるほかはなかった。お互いどうでもよいことばかりを話した。ぐっすり眠りこけている警官のそばを通り過ぎたとき、サタンにこう言った。

「天国の旅から何も持ち帰らなかったことを残念に思います。いつもの旅のように何か小さな思い出や記念になるものを。たとえば、例の壮麗な扉から剥がされた数枚の金のかけらなどを。私が戻ると、親戚や友人たちは夢中でそれらを奪い合ったでしょう。彼らは真のキリスト教徒であり、誰もが信仰心の厚い人々ですから……」

私に似た女

フェリスベルト・エルナンデス

平井恒子 訳

フェリスベルト・エルナンデス
(Felisberto Hernández 1902~1964)

ウルグアイの作家。すぐれたピアニストでもある。有名なアルゼンチンの作家フリオ・コルタサルも彼を師と仰いだという。きわめてユニークで一匹狼的な作家である。「私に似た女」(La mujer parecida a mí)は一九四三年に出版された『誰もランプをつけなかった』(*Nadie encendía las lámparas*)の一編。

数年前の夏、私はかつて馬だったという思いに取りつかれはじめた。夜になるとこの考えが、まるで我が家の納屋に来るかのように私のところへやって来た。私が人間としての体を横たえると、その瞬間にもう私の馬の記憶が動きはじめるのだった。

ある晩、土の道を歩きながら木々の影が作り出す黒い斑点を踏みしめていた。片側では月が私の後を追い、反対側では私の影が這いずっていた。私が畑地を上り下りすると同時に影が足跡を覆い隠した。鬱蒼《うっそう》とした木々が向こうから迫って来ると、私の影と木々の影が一体となっていた。

私は全身疲れを感じながら歩いたが、ひづめ周りの関節に痛みを感じていた。時には前脚と後ろ脚が連動しているのを忘れてつまずき、もう少しで転びそうになったこともある。

突然、水の匂いを感じた。けれど、それは近くの沼の腐った水だった。私の目の表面は沼のように涙で曇り、傾いている。モノの大小遠近の区別がつきにくく、同じように目に映ってしまう。私の唯一の仕事は、怪しげな影と人や動物の脅威を見分けることだった。また、木々の根元でひっそりと生えている草を食《は》もうと頭を地面に近づければ、毒草を避けなければならなかったし、刺《とげ》が刺されればそれがとれるまで口をモグモグ動かさなければならなかった。

夜が更けないうちは、空腹で決して立ち止まらなかった。少し前に人間の中に残してきたものとそっくりなものを、馬の中に見つけていた。「ものぐさ」だ。私はそのせいで思うままに思い出を辿ることができる。しかし、過ぎ去る思い出を辿るためには、ひたすら歩き続けなければならないことも分かっていた。その頃、私はパン屋で働いていた。私にいつか幸せになれるという希望を与えてくれた人物は彼だった。私の目は袋で覆われ、水汲み水車のような仕掛けを動かす棒に取り付けられたバランス棒に繋《つな》がれていたが、彼はそれをパンをこねる仕掛けとして利用していた。私は回る棒に固定されて時計の分針のように一日中ぐるぐる回っていた。こうしてつまづくこともなく私の足音と歯車のきしむ音によって支障なく追憶をやり過ごしていた。

私たちは夜遅くまで働いた。その後、餌をもらい、歯の間でトウモロコシが立てる音とともに思いは広がりはじめた。

(この時、馬でありながら、少し前まだ人間であった時、私に起こったことを思い出した。ある夜空腹で眠れず、タンスの中にミントのトローチの袋があったのを思い出して、それを食べたが、噛むとトウモロコシのような音を立てた)

突然、今は馬であるという現実感覚に捕らえられた。私の足音は低くこだまし、大きな木の橋で音をたてた。

さまざまな道を通ってもいつも同じ思い出が浮かんだ。昼も夜も故郷の川のように私の記憶回路を伝って流れ出す。時にはその思い出をじっと見つめていたり、また時には思い出が堰《せき》を切ってあふれ出たりする。

若い頃には私の世話をしていた農夫に激しい憎しみを抱いものだ。彼も同じ若者だった。日が沈むとあのろくでなしが、私の鼻面を殴りつけてきた。かっと血が即座に上り、怒りに我を忘れた。前脚を上げ、農夫を突き倒すと、頭にかみ付き、太ももを一本噛み砕くと向きを変え、たてがみを振り立て、後ろ脚で彼に止めを刺すのを人に見られてしまった。

翌日大勢の人々が通夜をすっぽかして、数人がかりで死んだ男の仕返しをするのを見物しようとやって来た。こうして仔馬としての私は殺され、大人の馬にされてしまった。

それから間もなくのこと、だらだら長いある夜の闇に乗じて、私は前世から持ち続けてきたある悪癖を使い、街道に面した棚を飛び越えた。かろうじて成功したものの、傷を負ってしまった。わびしい自由を生きはじめた。体は重くなっただけでなく、体の部分部分がそれぞれ勝手に動きたがり、まったく努力しなくなった。まるで主人にそむく召使いのようで、何をするにもいやいやながらというふうに。横になっていて立ち上がろうとすると、部分部分のそれぞれを説得しなければならなかった。そして最後には、思いがけないことに不満を述べたり、うめき声をあげたりするのが常であった。空腹が抜け目なく各部を連携させ、さらにいち早く体の部分をうまく繋げられるのは追跡を受けることへの恐怖からであった。意地悪な主人が脚の一本でも殴ろうものなら体中が団結して、みじめな手脚にもっとひどいことをされないように努めた。その上どの部分とて安全ではなかった。私はなるべく低い柵の持ち主を主人として選んできた。それでも一度殴りつけられたら逃げ出すので、空腹と追跡が始まるのだった。

ある時、あまりにも残酷な主人が私を使うことになった。最初、彼を背中に乗せた私が、恋人の家の前を通り過ぎてしまったものだから、私を殴った。それから、彼は馬車の荷物を極端に後ろのほうに積むようになった。それで私は宙ぶらりんに浮き上がり、力を入れようにもすがりつくところもない状態になった。主人は怒り、私の腹や脚、頭を殴った。私は宵の口に逃げ出した。しかし、夜陰に乗じて身を隠すためにうんと走らなければならなかった。とある村はずれを通り、私は一軒の掘立て小屋の近くでしばし立ち止まった。火が燃えていた。煙とチロチロ燃えている炎の向こうに帽子をかぶった一人の男が見えた。もう日が暮れかかっていた。しかし、私は先を急いだ。

再び歩きはじめた途端、少しばかり身が軽くなったように感じた。私の体のある部分をどこかに残してきたのだろうか、夜の闇に紛れ込んでしまったのだろうかという考えが浮かんだ。そこで歩みを早めるよう努めた。

遠くの方に木立があって、その梢ごしに光がチラチラ見えていた。行く手に一つの灯が輝いているのがすぐ分かった。腹が空いていた。しかし、あの灯の近くに着くまでは食べ物を口にしないと決めた。あれは村かもしれない。私は今までよりもゆっくりと道を辿っていった。道の先にある灯にはなかなか辿り着けなかった。私の体の部分はどれも失われていなかったということがだんだん分かってきた。一つずつ私に追いついてきた。腹が空いていない部分は疲れを感じていた。しかし、痛みを感じている部分が最初に到着した。私は今やどのようにしてそれらの部分をごまかしたらよいか分からなかった。主人が鞍を外すときの思い出をその部分たちに教えてやった。ちんちくりんで団子鼻の彼の姿が私の体の周りをゆっくりとうごめいていた。私が子馬だったとき殺してしまったに違いない男はあいつだった、その時私の体の部分はバラバラになっていなかったし、私と、私の怒りと意志とは一体となっていた。

最初の何軒かの家々の周りにある牧草を食べはじめた。体には白と黒の大きな斑点があったので私を見つけるのは簡単なことだった。しかし、夜がかなり更けていたし、起きている人は誰もいなかった。荒い息をするたびに埃を舞い上げ、目には見えない埃が両目に入った。大きな門のある固い道に入った。門をくぐるとすぐに、暗闇の中で動く白い群れを見た。それは子どもたちの上っ張りだった。私は驚いて低い階段を駆け上がった。そこで、また別の一団に驚かされた。私は木の床にひづめの音を立て、そして突然、観衆を前にした明るい小ホールに出ていた。叫び声と笑いの交じり合った騒ぎが巻き起こった。小ホールにいた長い服を着た子どもたちは走り去った。子どもの声も交じった耳をつんざくような観衆の声の中から「馬だ、馬だ」という声が聞こえてきた。大きな帽子を被ったせいで両耳が折れ曲がったかのような子どもが叫んでいた。「メンデスさんちのブチ毛だ」結局舞台に女教師が姿を現し、笑いながら静かにするよう促し、一幕ものの劇はもうすぐ終わると言った。そして、どんな風に終わるのか説明を始めたが、また中断された。私はとても疲れていて、絨毯の上に横たわった。観衆はまた私に拍手を送り、興奮した。芝居は終わったということにされ、何人かが舞台の上に上がってきた。三歳くらいの女の子が母親の手から逃れて私の方に来て、星のように広げた手を汗でぬれた私の背に置いた。母親が連れ戻そうとした時、女の子は開いた小さな手を挙げて言った。「ママ、お馬さんは濡れているよ」

一人の紳士が、まるでベルを押すかのように、女教師に人差し指を近づけて疑ぐり深そうに言った。「あんたは馬で驚かせようと準備していたのに、あんたが考えていたよりも早く出て来てしまったんだ、そうだろう。馬というのは調教するのが難しい生き物だ。わしも一頭持っていたが……」折れ耳の少年は私の上唇をめくり上げ、歯を見て言った。「この馬は年寄りだ」女教師は、彼女が馬のサプライズを準備していたのだと人々が信じるままにしておいた。子どもの頃の女友達が彼女のところへ挨拶にやって来た。その女友達は学校へ行っていた頃の腹立たしい出来事を思い出していた。一方、女教師もまた、その時女友達が彼女のことを馬面《うまづら》だと言ったことを思い出した。私が驚いて女教師を見たら、彼女は私に似ていた。いずれにしても、それは控えめな動物に対して礼を失しているというものだ。女教師は私を前にして、それを口にすべきではなかった。

拍手喝采の雰囲気が次第に収まると、平土間の通路に一人の若者が姿を現した。彼は女教師を制して叫んだ。彼女は幼友達の女性とベルを押すように人差し指を動かしている男と話し込んでいた。

「トマサ、ここで明かりを無駄遣いするよりも喫茶店に出かけて話し合った方がずっといいだろうと、ドン・サンチャゴが言っているよ」

「それで馬はどうするの」

「でもお前、一晩中そこに残って馬と一緒にいるわけじゃないだろう」

「いまアレハンドロが綱を持って来るから一緒に馬を家へ連れて行きましょうよ」

若者は舞台に上がると、三人に向かって話し続け、私を取り押さえようとした。

「トマサがその馬を自分の家へ連れて帰ろうなんてやりすぎだと僕は思うよ。それにズビリア家のおばさんたちも、全く使う気もない馬と一緒に女がひとり家にいるなんて、ナンセンスだと言っていたよ。それにママも、その馬のおかげであんたもいろいろ厄介な目に合うだろうと言っているよ」

しかし、トマサは言った。

「まず言いますけど、私はひとり暮らしではないわ。家ではカンデラリアがいくらか手助けしてくれます。第二にあのオールドミスの女たちがもし許してくれるなら、私は馬車を買うことだってできます」

その後アレハンドロが綱を持って入ってきた。彼はあの両耳の折れ曲がったチビっ子だった。私の首に綱をくくりつけると皆で私を立たせようとした。しかし、私は身動きができなかった。人差し指の男が言った。

「この馬は脚を痛めている。瀉血《しゃけつ》が必要だな」

私はとても驚いた。そこで一大努力の末、なんとか立ち上がることに成功した。まるで木馬のような足取りになった。人々が後ろの階段から私を連れ出し、中庭に着いてから、アレハンドロが私に轡《くつわ》を食ませて背中に飛び乗った。彼は両のかかとと手綱の先で私を叩きはじめた。信じがたいほどの苦しい思いで私は劇場の周りを一周した。けれど、女教師は私たちを見るとすぐ、アレハンドロを馬から降ろさせた。

町を横切っている間、私は疲れ果てて単調な歩調で進んでいたが、眠ることは出来なかった。私の体は、壊れて調子の狂ったオルガンのように、いつも同じ不調のレパートリーを繰り返しながら歩まねばならなかった。足取りに合わせて体の様々な部分が動くたびに、体のあちこちが痛みの悲鳴を上げた。時折、この不調とは関係なく、背中あたりに悪寒を感じたが、またしても、後で休めばどうにかなるさとの思いが、それが、まるで心地よいそよ風のように脳裏をよぎった。また思い出の貯金が増えるのだ。

喫茶店はむしろカフェのようであった。片側にビリヤード台がいくつかあり、反対側には家族向けのサロンがあった。この二つの場所は太い木の柱でできた柵で仕切られていた。柵の上には黄色いクレープ紙で覆われた植木鉢が二つ置かれていた。一つにはほとんど枯れた植物が植えられていたが、もう一方は空だった。そして、その二つの植木鉢の間に、魚が一匹だけ入っている大きな水槽があった。女教師と恋人は、相変わらず口論している。おそらく私のことが原因だ。カフェや家族向けサロンにいた人々の多くはさっきの劇場にいた人たちで、私たちが到着した時、どっと笑いが起こり、私は少しばかりまた脚光を浴びた。すぐにカフェのボーイが水の入ったバケツを持ってやって来た。バケツは石鹸と油の匂いがしたが、水はきれいだった。私はがぶがぶと水を飲んだ。すると、バケツの匂いが、私がかつて幸せだった家の居心地よい雰囲気を思い出させた。アレハンドロは私を繋ごうともしなかったし、人の輪の中へ入ろうともしなかった。私が水を飲んでいる間、彼は手綱を持ち、何かの曲のリズムをとるようにつま先で蹴っていた。その後、私のところへ干し草が運ばれて来た。ボーイは言った。

「僕はこのブチ毛の馬を知っている」

するとアレハンドロは笑いながらそれに続けた。

「メンデス家のブチ毛の馬だと僕も思った」

「いいや、これはそうじゃない。僕の言っているのは、これはこの辺りのじゃない。別の馬だ」とボーイは間髪を入れずに答えた。

舞台で私に触った三歳の女の子が年上の女の子の手を引いて現れた。空いている方の手に緑色の牧草をつかんで持ってきた。私が口先を埋めている牧草の山を更に盛り上げたかったのだ。だが、それを私の頭と耳を目がけて投げ込んだ。

その晩、女教師の家に連れて行かれ、穀物倉庫に閉じ込められた。彼女が先に入って片方の手でロウソクの灯を覆って進んで行った。

翌日私は立ち上がることができなかった。空の見える窓が開けられて、人差し指の男に瀉血された。それからアレハンドロがやって来ると、私の傍らに小さな椅子を置いて腰掛け、ハーモニカを吹きはじめた。私は立ち上がることができるようになると窓から頭を出した。今度は木立まで続く下り坂の上に面した窓だった。木々の幹の間から川がさらさらと流れているのが見えた。そこから私のために水を汲んで来てくれたし、トウモロコシと燕麦もくれた。その日は何も思い出したくなかった。午後になると女教師の恋人がやって来た。今度は態度がよかった。私の首を撫《な》でると私を軽く叩いた。その叩き方で彼が感じのいい青年であることが分かった。彼女もまた私を撫でた。しかし、私は気分が悪くなった。馬の撫で方を知らないのだ。あまりにもそっと手で撫でたので我慢ができないほどくすぐったかったのだ。私の顔の前の方を何度か触れたが、一度だけ私は独り言を言った（私たちが似ているのはそこだっていうことに気づいているだろうか）。それから恋人は外へ回って、窓から顔を出している彼女と私の写真を撮った。彼女は私の首の辺りに腕を回して私の頭部に自分の頭をもたせかけた。

その晩、私はぎょっとする目にあった。窓から顔を出して空を眺め、川の流れる音を聞いていた。その時、誰かがゆっくりと足を引きずって歩いているのを感じ、見ると身をかがめて歩く人影があった。白髪の女だったが、すぐもと来た方向に戻っていった。そして、私がその家に住んでいる間、毎晩同じことが繰り返された。背後から見たその女は腰はがっしりとして、足は曲がり、深く身をかがめていて、まるでテーブルが歩き出したかに見えた。私が初めて出かけた日、彼女が中庭で銀の柄のついたナイフでジャガイモの皮をむいているのを見かけた。黒人の女だった。最初私には髪が白く見えた。ジャガイモの上に頭を下げ、奇妙な動きをしていた。しかし、その後、白髪だけではなく、煙を出していることに気がついた。煙は、彼女の口の片端にくわえられた小さなパイプから出ていた。その朝アレハンドロが彼女に尋ねた。

「カンデラリア、あのブチ毛の馬は好きかい」

彼女は答えた。

「もう飼い主が連れに来るわ」

そのことは思い出したくない気持ちで日々を過ごしてきた。

ある日、アレハンドロは私を学校へ連れて行った。子どもたちは大騒ぎになった。しかし、一人だけ私をじっと見て何も言わない子どもがいた。鳥が飛び立つときの翼のように頭の両端に突き出た大きな耳を持ち、メガネもとても大きかった。しかし、目はやぶにらみで鼻のすぐそばに寄っていた。アレハンドロが油断しているすきに、そのやぶにらみの子が私の腹に思いきり蹴りを入れた。アレハンドロがそのことを女の先生に言いつけに走って行った。彼が戻ってくると、赤インクの瓶を持っている女の子が私の腹の白い斑のある個所に瓶の栓で色を付けた。すぐにアレハンドロが先生のところへ戻って、「この子がお腹にハートを描いてしまいました」と告げ口をした。

　休み時間に別の女の子が大きな人形を抱いて、学校の帰りに洗礼を受けさせるのだと言った。授業が終わるとすぐに、アレハンドロと私は学校を出た。アレハンドロは私を別の道に連れて行き、教会の周りを一周して、香部屋〔教会の聖具保管室〕の前で私を止めた。司祭を呼んで尋ねた。

「ねえ、神父さま、僕の馬に洗礼を受けさせるのにいくらかかるんですか」

「なんだって！　馬は洗礼なんか受けないよ」

　そして腹を抱えて笑った。アレハンドロは食い下がった。

「神父さまはマリアさまがロバに乗っている御影を覚えていますか」

「覚えているとも」

「ロバに洗礼を授けるなら馬にだって授けられますよね」

「あのロバは洗礼を受けていないよ」

「じゃ、マリアさまは洗礼を受けていないロバに乗ったんですか」

　司祭は話をしようとしたが、つい笑ってしまった。

アレハンドロは続けた。

「神父さまはあの御影に祝福を与えました。そして、御影の中にはあのロバがいました」

私たちは、意気消沈してその場を離れた。二、三日後、私たちが一人の黒人の子どもと会うと、アレハンドロは彼に尋ねた。

「馬に何という名前をつけようか」

黒人の男の子は必死になって何かを思い出そうとして、ついに言葉が出てきた。

「きれいなものがあった時、どういう風に言わなければならないかって、先生が教えてくれたことは何だっけ」

「ああ、知ってるよ。〝形じょう詞〟だよ」とアレハンドロは答えた。

その夜アレハンドロは、私のそばの小さな椅子に座って、ハーモニカを吹いていた。そこに女教師がやって来た。

「アレハンドロ、家に帰りなさい。みんな待ってるわよ」

「先生、僕たち、ブチ毛の馬に何ていう名をつけたか知ってますか。〝形じょう詞〟っていうんですよ」

「まず第一に、それを言うなら〝形容詞〟、第二に、形容詞は名詞ではないのよ。つまり……」と一瞬ためらった後で女教師は説明した。

私たちが家に着いたある午後、私はうれしかった。というのも、ブラインドの陰で、「ご覧よ、女先生とあの馬が通るよ」という声がするのを聞いたからだ。

私が穀物倉庫に入ってしばらく経ってから——その日はアレハンドロがいない日だった——女教師が入ってきて、私をそこから連れ出した。今まで経験したことがないほど驚いたことに、私は彼女の寝室へ連れて行かれることが分かった。あのいやなやり方でくすぐった後、「お願いだから、声を出さないでね」と言った。すぐに彼女が出て行ったのはなぜなのか分からない。寝室にとり残されて、私はひたすらこう自問していた。彼女は私にどうしてほしいんだろう。椅子とベットには取り散らかした衣類があった。頭をあげると、私はいきなり自分自身に、忘れていたかわいそうな私の馬の頭に出くわした。鏡はまた同時に私の体の部分部分も映し出していた。白と黒のまだら模様もまた、取り乱した衣類のようだった。しかし、最も注意を引かれたのは私自身の頭であった。頭を上げるたびに、ますます引き込まれた。あまりに仰天したのでまぶたを閉じなければならなかった。私が目をつぶっていた間、一瞬自分は一体何者なのかと考え、やっぱり私は馬なのだと納得せざるを得なかった。

他にも驚くことがあった。鏡の台のところに私たち二人がいた。恋人が私たちを写してくれた写真の中で、窓から顔をのぞかせているトマサと私がいたのだ。急に私の脚はガクガクした。屋外で話している男の声が誰のものか私より先に脚が分かったらしいが、私は理解できなかった。しかし、答えているトマサの声は分かった。「あなたの家から出ていったように、私の家からも出て行ったわ。今朝、飼葉を持って行ったら、倉庫は今と全く同じように空っぽだったのよ」

その後、彼らの声は遠ざかって行った。私が一人になるとすぐに、少し前に抱いていた考えが突然浮かんできた。そしてあえて、鏡を見ないようにした。嘘みたいだった！　人間が馬になり、こういう夢を見るなんて！　大分経ってから女教師が戻ってきた。あの嫌なくすぐり方で撫でられた。

そのことを彼女が気づかないことが私をもっと傷つけた。

　何日かたったある午後、アレハンドロは私の近くでハーモニカを吹き続けていた。突然、彼は何かを思い出した。椅子から立ち上がってハーモニカを仕舞い、トマサと私が写っている写真をポケットから取り出した。まず、私の片方の目にそれを近づけた。私が動じないことが分かると、写真を少し離した。それからもう片方の目にも同じように近づけ、最後に正面から一メートル離して私に見せた。私は内心じくじたるものがあった。罪の意識が私を苦しめた。ある晩、私は川の音に耳を澄ましていた。カンデラリアの足音とは分からなかったので驚いて、水の入ったバケツを蹴った。黒人女は通りすがりに、「驚きなさんな、お前の持ち主がもう来るわよ」と言った。次の日、アレハンドロは私を川へ泳ぎに連れて行った。彼は私の背の上に乗り、温かいボートに上機嫌だった。私の心臓が締めつけられはじめ、間をおかず血を凍らせるヒュウヒュウという口笛の音を感じた。私はまるで潜望鏡のように両耳を回した。とうとう「彼」の叫んでいる声をとらえた。「その馬は私のものだ」アレハンドロは私を岸に上げ、一言も言わずに女教師の家まで走らせた。持ち主が走りながらついてきたので、身を隠す間もなかった。まるで衣装タンスになったように、私はじっと動かなかった。女教師は私を買おうと彼に申し出た。彼は答えた。「六十ペソ出来たら取りに来な。こいつにはそれだけの金がかかってるんだ」アレハンドロは綱をつけたまま馬銜《はみ》を外した。それは彼のものだったからだ。持ち主は持ってきた馬銜を私につけた。女教師は寝室に入り、私は泣き出しそうなアレハンドロの四角にゆがんだ口を見た。脚が震えていたが、持ち主が強く鞭《むち》を打ったので私は歩きはじめた。彼が私のために六十ペソも払いはしなかったということをすぐに思い出す暇もなかった。彼はタイヤも空気入れもない、空色のボロ自転車と交換して私を手に入れたのだった。今は怒りを吐き出そうと、満身の力で私をたたき続けた。私はとても太っていたので息苦しくなった。アレハンドロは私の面倒をよくみてくれた！　その上、今思えば運よくあの想い出深い家に入れたのだ。彼女が私に後ろめたい思いを起こさせたあの瞬間まで幸福を感じていたあの家に。今、私の体の奥底から耐えられない気分の悪さがこみ上げはじめていた。ものすごく喉が渇いていた。そしてすぐに、一本の木がほとんど覆うように枯れ枝を伸ばしている小道のそばの小川を渡ることを思い出した。その夜は月がこうこうと輝いていた。小川の小石がまるで魚のうろこのように照らされているのが遠くからも見えた。小川の直前辺りから、私はスピードを落としはじめた。彼はそれが分かって、私を再び殴りだした。暗闇で出くわし、まずは匂いを嗅いで探りを入れ合う敵同士のようにとぎれることなく闘志が湧き上がってくる感じに襲われた。すぐに、私は枯れ枝が伸びている小川の岸辺に向かって身を躍らせた。彼には私を手放し、枝にぶら下がるだけの時間しかなかった。枯れ枝が裂け、人馬もろとも水の中に落ち、石ころの中でもがくことになった。彼が振り向き、枝の下から出てきた瞬間、私も振り返り、彼に向って走った。横向きになった彼の体を踏みつけていた。私の脚は彼の背中を滑ってしまったが、彼の喉とうなじの一部を歯でかじった。私は狂ったように彼を締めつけ、動かずに待つことにした。すぐに、彼もまた片腕を振ってから動くのをやめた。私は彼の肉の酸っぱさを口の中に感じた。そして、ひげが私の舌を刺した。水と小石が血で染まるのを見た時、私はもう血の味を感じはじめていた。

自由の身をどうすべきか分からず、私は小川の岸辺を何度も行き来した。とうとう女教師のところへ行くことに決めたが、二、三歩後戻りして死体の近くで水を飲んだ。

とても疲れていたのでゆっくりと進んだ。しかし、解放感に満ち、何の恐れも感じなかった。アレハンドロはどんなに喜ぶことか！　そして彼女も喜んでくれるだろうか。アレハンドロがあの写真を見せてくれたとき、私の心は痛んだ。だが、今はあの写真を是が非でも手に入れたい！

ゆっくり歩いて家に着いた。穀物倉庫に入るつもりだった。しかし、トマサの寝室で言い争う気配を感じとった。六十ペソについて話し合っている恋人の声が聞こえた。間違いなく私を買うために必要な金のことだろう。もうあの人たちにお金を使わせなくても済むと思うと嬉しくなった。しかし、その時彼は結婚について話しているようで、仕舞いには怒り狂ってそこを出ていく素振りで、こう言う彼の声が聞こえた。「さあ、馬を取るか、俺を取るか」

最初、彼女の寝室に面している赤く染まった窓に向かって私は頭を下げていた。しかし、その後すぐに私は自分の生き方を決めた。ここを立ち去ろう。すでに自負心を取り戻していた。日々薄汚れていく雰囲気の中で生きたくないと思った。もし私が残ったならば、望まれない馬になるだろう。彼女自身、後になって躊躇《ためら》う時があるだろう。

私が立ち去った後どうなったか、私にはよく分からない。ともかく、人間でないことの最大の悲しみは、あの写真を持ち歩くためのポケットがないことだった。

タマリアの幻影

リノ・ノバス・カルボ

足立 成子 訳

リノ・ノバス・カルボ（Lino Novás Calvo 1905~1983）

スペイン・ガリシア州に生まれ一九二〇年キューバに渡り、ジャーナリストとしても活躍した。晩年は北米へ亡命しシラキュース大学で教鞭をとった。

意識の流れの技法を用いた美しい文体の「タマリアの幻影」（La visión de Tamaría）は一九四六年に出版された『キューバ短編集』（*Cayo Canas: cuentos cubanos*）の中の一編である。

……そして汝が悲しみの涙を、一滴海へ加えておけ
嘆きを知れば、すべては汝を満たすはず
ああ、そして汝が次なるまどろみは深まってゆく

ジョージ・サンタヤナ

［アメリカの哲学者、詩人、評論家（一八六三－一九五二）。
主著「詩集」、小説「最後の清教徒」など］

底知れぬ淵の岸壁から水を割って飛び込んでいた。午後の太陽をあびて、古びた黄金色に輝く背中が微かに見え隠れする。脚はつま先まで動きを感じさせぬ尾鰭に似て、片腕は矢のように伸び、もう一方はスクリューのように、脇腹で後ろへ向けて水をかく。頭をもたげ、顎で水路を開きながら沖を目指す。変わらず、怯まず、恐ろしいほどの正確さで、一瞬のうちに消える泡は跡形もなく、細いフィルム状の余波《なごり》もほとんど残さずに進む。二、三秒間は、その頭が手つかずのままの海岸を背に進むのが見えた。しかし、その後はただうねりに乗って何処へともなく漂いながら、西風で軽く細波を立てる、静かな、特に濃い青緑色の、ごく小さな点となって動きを止める。そして、つい

には風といっしょに消えていった。

どれくらいの時が流れたか、どれくらい遠くへ来たかも定かでないが、動かず、水面直下を漂いながら姿を現す。見えるはずもない空を眺めながら、あるいは右脇に、あるいは左脇に、傾いた夕日ですでに生温かくなった水を感じていた。これが、自分の意識外にある何物かとの最初の交信だった。太陽が右の頬を、あるいは左の頬を、額を、顎髭をくすぐった。一体何が起こったのか。だがそれよりも何故、こんな風にくつろいで天を仰いでいる？　ひとしきり泳いだ後だがそれほど長くはなかったはず。岸壁から飛び込んだ時に太陽はもう丘のヤシの木の上まで来ていたが、今もって沈んでないではないか。彼は二時間までなら疲れもせず難なく泳ぐことができたが、もう水中に横たわり、まるで浮遊物にでもなったように手足をだらりと伸ばしている。一体どうしてなのか？

もしかして、今なら考えられるかもしれない。それももっと明確に。体中に散らばった印象を自分のどこかに取り戻すことができるかもしれない。それが一気に押し寄せはじめる。最初に……だが最初も二番目もないのだ。時間すらない、というより時間には区切りがなかった。それでもなお自分自身と向き合い、数年前気づかぬ間に失った光あふれる自分の目を見ることができている。これがすでに妙なことである。それからの数年、彼は光の消えた自分の目には決して出会っていない。この目は彼の成長し終えた姿を見ることも、怒りで顔を真っ赤にするのも、喜びに目を輝かすのも、憎しみで感覚を失うのも、希望に活気づくのも、またほんの少し愛に目覚めるのも、何も見ることができなかったのだから。

それら情念そのものは、閉ざされた窓辺にどっと集まると後退して、内なるどこか暗い部分に溶け込まなくてはならなくなっていた。その後は交わりながら、何か全く違うものに形を変えた。が、それが何であるかは重要でなかった。ただ目だけが、光を失う時に感覚を得たようだった。他の者たち（船で去った父親、再婚した母親など）は彼に、「見た目は少しも変わらないさ、同じく緑がかった栗色だし、輝きだって変わらない」と言っていた。ただ、目の中心が灰色になっていたのだ。全てを静かに、心の内で、自身のより高い、より高貴な側面に集中しつつ、影や光や色で我々を動かし引きずり回す束の間のあれこれにも惑わされることなく、全く顔を動かさず、じっと前を見据えていた。だがそんな初期の日々が過ぎると、目についてそれ以上聞いたり考えたりするのを拒んだ。払いのけようのないカーテンが、他のどんな感覚の前にも立ちはだかることのないようにしておくためだった。

変化はいきなりやって来た。原因はいろいろ、他のところにあった。田舎と町の中ほど、丘の上に建つ花崗岩とも見紛う小さな家に、突如としてある隙間風が忍び込んだのだ。両親は別れ、兄は死に、妹は寄宿生として修道女の学校へやられた。慌ただしい変化と闇の中で、彼は起こっていることを正確に把握できず、茫然としていた。

この時期（昼夜の別なく、次々と絶え間なく流れていくようだったが）、アンドレス・タマリアは海に面した二階の小部屋からほとんど動かなかった。少し離れていたが海のよく見えるこの部屋を、彼はアトリエ兼寝室としていた。階下では家具がひしめき合い、絵画類は壁から外され、衣類は箱詰めにされていた。そして彼はと言えば、レンズ越しに能面のような顔を見えない光の方へ向け、単にもう一つの家具、ありふれたイコンのように、彼を山のような引っ越し荷物の中に放り込みかねない業者の到来をじっと待っていた。ある意味では、確かにそんな具合だった。

実際、業者たちがやって来た。

父親は家を去る前に準備万端を整えた。母親は一家がバラバラになる前に黙って家を出ていた。ある晩彼女は二階へやって来て、抑揚のない低い声で思い切ったように切り出した。「視力のない人だって、ちゃんと暮らしている人はたくさんいるわ。他の感覚が補ってくれるのよ。あなたの場合はほんの一部でしょ。視神経だけのことだし、どこといって内臓に問題があるわけではないわ、ほんのちょっとした（ちょっとした！）ハンディなのよ。あなたの目は今も同じ色だし、輝きだって殆ど変わらない。ただ眼球が動かないから、見る人にとっては見えていないように思えるのね」と言った。母親は籐椅子に座り、柔らかな腕を肩においた。彼女は若かった。キモノの衣擦れや、頬にかかる絹のような毛髪を感じた。長時間をかけて、彼女はゆっくりとしゃべった。何ら劇的なところがなく、急ぐでもなく、何かの結論に達しようという風でもなく、だらだらと。何もかもが推測に任された。もはや、別れは疑問の余地もない事実だった。動機（彼はそれを明確にできなかったが）は突然なだれこんでいた。親爺さんは出て行き、彼女は……。彼にとって一番の痛手はこのことだった。

続いて親爺さんが上がって来た。もうだらだらと話す必要もなかった。それでもアンドレスは同じく顔色一つ変えず、ただ茫然と彼の話を聞いた。海辺にホテルを所有していた叔父のパスクアルが彼を引き受けた。ホテルの近く、まさに浜辺のはずれでそこからあの切り立った海岸が始まるところに（アンドレスはその場所を覚えていた）、踏み均《なら》された、安全な道でホテルと行き来できる自分の家を持ちたい、と彼は願った。そうすれば叔父は何かにつけて彼の面倒を見てくれるだろうし、眼医者は足繁く訪れるだろう。そこでは使用人を使い、苛立つような他人との接触に煩わされることもなく、静かな暮らしができるはずだった。

この孤独は歓迎すべきものだった。ひとりになり、思索にふけりたかったのだ。もはや彼にとって外側には光がなかったので、思索によって何か内側に光を見つけられるのではないか、とでも思っているようだった。

ついに一軒家へ移り、引きこもった。点字を拒みメイドを追い出し、さしあたっては音楽にまで背を向けたが、陶土、粘土、石膏、自作の仮面などは持って来るよう命じた。だが後になっていくらか気分が安定すると、これらの素材に気付き唖然とした。視力を失ってはアートなど続けられるはずもないのに、何故こんなものを持って来る気になったのか分からなかったのだ。石膏や石で作った初期の作品も同時に運ばれ、二階の広い棚に並べられていた。

この部屋へは入ることもなく、（計り知れないほどの）時が過ぎた。ホテルは五百メートルほどのところにあり、道は茂みの間をまっすぐに伸びていた。アンドレスはいつも裏口から入り、家族用の小さなダイニングで食事を出してもらった。そこからは表のざわめきが感じられ、彼は自分だけの小道を辿って、声や言葉のかけらを家へ持ち帰った。初日には、朝食をとるようにとボーイが早くから彼を探しに出たが、後にはそんな必要もなく手引きも望まなかった。ボーイがひとり掃除に通えば、それで十分だったのだ。迷うことなくひとりで行動できたし、（慣れていれば）はたの者に盲目だと気づかれることもなかった。手には杖を持っていたが白塗りではなく、スポーツ感覚で自在に操った。初めの何日かが過ぎると、いつも同じしっかりした足取りで浜辺を歩きはじめた。転居はシーズンも終盤だったので、海水浴客は間もなく姿を消した。地元の何人かは彼の失明に気づいていたものの、身のこなしが軽やかで黒メガネまでも拒んでいたので、外見上それと分かる特徴もなく、そのことをほとんど忘れていた。慣れるには時を要したが、むろん行動範囲は徐々に広がった。初めのうちは、小さなダイニングでのぎこちない身のこなしがまるで木製のイコンのようでさえあり、その様子は習作として自分の手で刻んだ初期の人物像のどれかによく似ていた。そのうち彼は自発的に、どこか自分で見つけた空席に座ってみたいと言ってみたりもしたが、ほどなくどのテーブルも空っぽになった。新しいシーズンが始まる頃になると、聴覚は彼を導くのに十分なまでに訓練されていた。客がたった一人でおり、どれほど静かにしていたとしても、先客のいる席へ座るという過ちは決して犯さなかった。新たに加わったある種の感覚が人の存在を教えてくれていたのだ。

だがその前に、彼はあの長い袋小路のような瞑想にふけりながら、気づかぬ間にそこを抜け出した。突然でなく、一気にというわけでもなく、あたかも滲み出るかのように、酸のように、素早くあちこち回り道をしながら外へ、つまり浜辺へ、木立へと向かった。広い道路を両側から囲み、コンクリート、あるいは小さな木造の家、バンガロー、浜辺に並ぶホテルなど、とりわけ彼の気に入った場所の周りで青々と茂った葉むらの腕を広げる木立（彼はそれをそよ風で感じた）は、ほんの一部ではあったが、心配事や戸惑いを拭い去ってくれたのだ。もっとも、社交的になって友情を感じたりする、というほどのことではなかったが。彼が間違いなく心に封じ込めていた（そして彼に尊大で堂々として、闊達な振る舞いを与えていた）ものは、魂を傷つけられるのではないか、という恐れだった。初めのうちは傷つけられもした。学校の仲間に始まり地区の誰もが、不埒な好奇心から彼を見物にやって来た。光を全て失った後の何週間かは、まるでカライラ〔ハゲワシに似た猛禽類の一種〕のように野次馬が押しかけ、彼を質問攻めにした。それに答えることはなかったが、彼らは声高に病気のことを噂し合った。目が見えないと分かり、まるで耳まで聞こえなくなったとでも思ったか、何をしても罰せられないという密かな優越感で彼を憐れんでいるようだった。当時アンドレスは絶えず自分のアトリエにこもっており、どこにいようとどんな格好をしていようと、二階へ上って来るほんのわずかな足音にも身をすくめ、誰もいなくなるまでは固まったように身動き一つできなかった。今では二度とできなくなった彼のそんなポーズを、何人かが箱型のカメラに収めていた。シャッターのひと押しでミシンがボタン穴をかがるように、彼の魂を封じ込めていったのだ。

しかし、最も厄介なのはカシルダだった。少女との間には、目立った繋《つな》がりが全くなかったとは言いきれなかった。ふたりともまだほんの子どもだった。しかし彼女は同じ界隈に住んでいて、同じ車で学校へ通い、祭りでは何度か、彼がホテルへ住むようになる前にはこの浜辺でも、一緒に踊ったことがある。カシルダは泳ぎで、また背丈でも彼と競っていた。小麦色でスラリと伸びたその肢体はしなやかで、肌は朝日のように暖かく柔らかだった。口元は白い歯を見せてにこやかに開いたし、夢に浮かされたような目は一人の少年に注がれた。集まると、いつの間にか彼女の声が他の少女たちの声を制した。カシルダは他の少女たちのように、見送りに駆けつけたりはしなかった。きっと来ないだろう、来ない方がいい。彼は思い出の中に、完璧で汚れのない彼女の声とイメージを持って行きたかった。だがそうではなかった。ギリギリになって彼女も別れを告げにやって来たのだ。しかしその声はまるで近づくのを恐れるかのように、遠くで嘘っぽく響いていた。あの声が「めくら」という言葉に変わった時、アンドレスはただ慄《おのの》くばかりだった。めくら！　世の中に、聴いて、感じて、これほどおぞましい言葉はなかった。めくら！と言ったのだ。

我に返った後で、持ち前の節度、尊大でストイックな態度を取り戻した。出発の時刻には何人かが門口まで駆けつけていた。あちこちに少女たちの小さなグループがあり、その一つにカシルダの声があった。さようならを言いに近づいては来なかったが、エンジンを始動させた後になって後ろの方で体を揺らしていた。冷ややかな諦め顔で、途方に暮れた様子で……。しばらくは、もはや明確には時間を計測できなかったにせよ、彼の中にはいつも彼女が寄り添っていた。部屋には家具とともに目覚まし時計が置かれていたが、最初の夜は、音がするのは分かってもただまごつくばかりで、見つけだすことができなかった。

数時間も手探りで家中を歩きまわり、やっとのことで棚の上にそれを見つけた。それから、家を出て水際まで行き、海へ投げ捨てた。その時もまだチ、ク、タ、クという音は（ずっと）続いていたが、時間は止まり、次第に消えていった。その時を境に、時間は目の見える人には分からない別の意味を持ちはじめ、その中に、過去の多くの音やイメージが消えていった。カシルダの声や姿もそれらの一つだった。

家の敷地は乾燥して清潔だった。浜辺からかなり高くなったところにあり、内陸へ向かう風が谷間を吹き抜けた。親爺さんが休暇の家として建てたものだったが、周囲にコンクリート道路の走る頑丈な地層の上に建っており、柵で囲った小さな庭もあった。二階にはやはりアトリエがあった（アンドレスはそこを休暇中に使うつもりだった）。以前は二キロばかり先にある漁師のたまり場へ行くのが好きで、既にその前年には（もうメガネを使いはじめていたが）、復活祭の休暇だけをここで過ごしていた。当時も食事はホテルで済ませ、下手な手つきで不細工な頭像を肉付けしたりしたが、それらは大きなマホガニーの棚に飾られてさえいた。

しかしアトリエが再び彼の関心を引くまでには、だいぶ時を要した。だからそうなった時、アトリエはまるで廃屋の屋根裏部屋のように、クモやヤモリの楽園と化していた。一体どれほどの虫たちが彼の気配を感じ、怒りと恐怖に震えながら逃げ出したことか、誰も知らない。使用人に部屋を掃除するよう、だがもとのままにしておくように、と命じた。そのころには家から運ばれた彫刻類も見つかっていたので、階上へ移させた。それから扉を閉めきって、彫刻のことは忘れるようにした。アートというものは他の様々なこと同様、単に過去のイメージにすぎず、現在の邪魔にならない方がよかった。アトリエがその絶たれたイメージを封じ込めたのだ。

そうこうするうちに、下界では何度も夏のシーズンが過ぎていった。このシーズンが実際には新しい時計となる。ブロンドで絹糸のように柔らかだったうぶ毛は、今では藪のように顔を覆っていた。三シーズンで背丈も大人並みに成長し、始めはパスクアルかボーイに見守られながらだったが、後には再び、ひとりで泳ぐようになっていた。時には、食事を告げるボーイの声を聞くまで水中にいた。彼は浜辺とその周辺を、目が見えるのと同じくらい詳細に知り尽くしており、外見だけでは欠陥に気づかれることもなく海水浴客のグループに紛れ込んだ。誰かがクロールで競争しようと挑発すればすぐに察知し、それに応じた。彼ほど遠く沖へ出る者はなく、疲れ知らずで長時間水中に留まる者もなかった。苦もなく、まるで魚のようなリズム感と完璧な推進力で、素早く滑るように水中を泳いだ。肌は美しく日焼けし、まっすぐな長髪は首にまとわりついていた。両足が突然伸びたかと思うと立泳ぎになり、鍛えられた上半身がしっかと立ち上がる。通りすがりに何か答えていたが、二言三言の短い受け答えだった。いくつかのフレーズを認知し、聞き分ける。「あそこに金髪が来るぞ」これは最初に覚えたうちの一つだった。彼の泳ぎの力量を賞賛していたのである。その後彼に挑む声が聞こえた。だから彼は音を頼りに挑戦者と並んで泳ぎ、最後にいきなり追い抜こうと決めた。時にはみなが彼にあだ名をつけたりからかったりしたが、これは彼をいっそう喜ばせた。こうした出会いは人に知られてはならなかった。危険に身を晒さぬよう、どんな友情にも敢えて距離をおいた。女性の声が混じっていれば尚更だった。どんな方法だったかは知る由もないが、水中で、誰かに正面きって見られていればすぐに気づいて、その人間を避けた。浜辺を徘徊する彼の姿も奇異に映ることはなかった。更に、シーズン中は早めに、レストランの客がまだ少ないうちに、奥の方で食事をとるようにした。時には杖も持たずに駆け回り、付き添いもなく躓きもせずに浜辺を出入りした。

結局のところ、それでも病は隠しようがなかった。地元の人々はそれを知ってはいたものの、彼の苦しみも分かっていたので、病状のことはおくびにも出さなかった。三年目には彼の姿が人目を引きはじめる。若い娘たちは見えない彼の目の前を思わせぶりに通り過ぎた。中には水の中までついて来る者もいたが、彼は彼でその娘たちの話に耳を傾け、こっそり語りかけたりした。声と笑いには聞き覚えがあり、すでに声の主を聞き分けられるようになっていた。ある者たち、最も大胆で活発な娘たちはグループを離れ、人の泳がない場所を目指し、他のもっと騒々しい娘たちは浜辺に陣取った。するとアンドレスは海から人混みの際までやって来て、彼女らの間で交わされる笑いや言葉をキャッチする。つまり自分の一番気に入った獲物を手に入れて帰ったのだ。だが平日には常連の娘たちがいて、そのうちの何人かは彼に、有無を言わさず水中での特訓をしかけるようになった。だから二年目の終わり頃には、泳いだり水中に留まったりすることが彼にとってはこの上なく自然で容易なこととなっており、実際、それはバンガローのテラスに寝そべって、朝日や午後のそよ風を浴びるのと何ら変わるところがなかったのである。

だが、これら常連の娘たちには気を許せなかった。平日は騒ぎも少なく、ゆっくりと何かに集中するのがより簡単だった。例えば、彼に、である。二年目にはもうしばしば彼を目当てに、浜辺の彼のいるところへ通って来る二、三の声を聞き分けられるようになっていて、彼女たちについてはボーイが話してくれていた。その後三人（それとも四人だったか）のうち一人を選り分け、もう一人も……。最後の一人は、はっきりとそのイメージを耳に焼きつけていた。ある日、彼女はあまりにも近くを執拗に追いかけて来た。彼は避けようとするが、娘はまるで鰻のようにすり抜けながら、追いつき追い越そうとする。突然、水中で激しい衝撃がはしり、溺れるようなゴボゴボ……という音がしたので彼は止まる。一瞬、体を傾けて耳を澄ます。それから潜って、背中合わせに彼女を引っ張りながら、浜辺まで運んだ。だが彼女を地面に横たえたとたん、何かしら（何だかは分るはずもない）が「全部芝居だよ」と囁いた。彼は、見た目には溺れたように見える彼女を放り出して、逃げたのだった。

　夕暮れ時。影が落ちるのを待って海の方からそっと戻り、（彼女の居場所は知っていたので）水際近く、家族がキャンプをしている一角の前でしばらく聞き耳をたてた。笑い声やレコードの音楽、若者たちの楽しげでけたたましい声が聞こえていた。言葉の端々からいくつかの疑問を確かめ、来た時と同じく、しかし今度は直感で娘の姿かたちを捉えながら戻った。彼女の姿は先ほどすでに両手と触覚がしっかりと覚えていたが、ボーイの言葉がそれを完璧なものにした。だが決して、目が見えた頃にはこれほどリアルに、これほど鮮烈に感じ取ることはなかっただろう。

　もうシーズンも終わりだった。九月は再び浜辺へ行くこともなく過ぎていた。彼は岬の反対側で潜っていたが、辺りは水深が数メートルもあり、そこまではどんな海水浴客も通ってこようとしなかった。夜明け前に起き出して清々しい空気を吸い、昼下がりは日陰で、夜は水中で何時間も過ごした。時にはへとへとに疲れてみようと岸から遠く離れてみたが、体力や距離のコントロールは申し分なかった。叔父のパスクアルは彼をひとりにしておいた。見張りをつけようとすれば、怒りもあらわに激しく抵抗したからである。ある日、彼は見張りの男を捕まえると空中に持ち上げ、海へ投げ込んだ。もっとも、その後男を助けようと自ら飛び込み、彼を肩へ引っ掛けるとホテルの入口まで行って、まるで仇討ちの死体のように捨て置いたのだった。それ以来、誰も彼を煩わすことはなくなった。

しかし、溺れたふりをしていた娘の声と姿がいつまでも感触に残り、冬の間じゅう彼を悩ませた。そよ風が、波が、砂が、何もかもが彼女を思い起こさせた。触るもの、聞くもの、全てがあの時のものではないかという印象を与えたのだ。時には、身体を動かして（泳いだり走ったり、海沿いの松や入江のぶどうの木にまで登って）思いを払拭しようと試みる。だが、むしろ逆効果だった。運動は払いのけたいあの印象をむしろ強調し、かえって体内深く苛むようで、触覚に残された彼女の姿があたかも激しく蘇り、つきまとい、彼をがんじがらめにしていくようだった。彼を駆り立て引きずり回しているものが、彼女の姿そのものであるかのようだったのである。冬の終わりに、彼は強い発作に見舞われた。医者がやって来たが、彼を苦しめているものの根源を一つに特定するのは難しいだろう、との見立てだった。ひどい風邪を引いてはいたが、これは彼の全身症状である、二つの力の間にある一種のせめぎあいを説明するものではなかった。つまり、彼を身動きできなくしている、彼をきつく縛りつけているものと、もう一つはそれから自由になろうとするもの、という二つの相容れない力の葛藤があったからである。その後は発作からいろいろな症状が出て、寝込む日が続くようになった。だが、春になると、外見上は症状が消えていた。幾らかまごつくことはあっても、体が動かないわけではなかった。彼は再び海へ戻り、用心深く浜辺へ近づいてみる。しかし決して海水浴客のいるところまで行くことはなく、海伝いに自分の隠れ家に隣接する人気のないところへ戻っていった。いずれにせよ、またすぐに声を聴き分けはじめ、最初の土曜の夜にはもう、娘の家族が夜を過ごしていたあの小さな入江に近づいた。同じ声がしたし、燃えさかる焚き火の暖かさも、以前のままそこにあるようにさえ思えた。

以前は若者たちとの接近を求めていたし、馴れ馴れしくされれば嬉しくもあったが、今度は彼らの挑戦を避けはじめる。いつも待ち伏せするように、娘たちの近くで過ごしながら獲物に飛びかかる態勢をとっていたので、水中での動きによってさえ彼女たちを察知できた。だが、内なるブレーキが彼女たちの体をかすることすら許さなかった。時には動きを止め、水面すれすれに顔を傾けながら、耳や鼻を駆使してあの不可解な生き物の存在をキャッチした。また時には、娘が止まって休んだり、渦や泡を引き起こしながらふざけていた場所の近くでじっと待ち、彼女が去った後で同じ場所に潜ったりした。沸き立つ水の中で、海が静まるまで余韻を味わったのだ。その後顔を横に向けながら、一瞬の間近くにいた娘の位置を盲人の聴覚で捉えたが、彼女の近づく気配がすれば水面下で逃げ出した。水の中であれ外であれ、近すぎて危険なところに誰かがいれば必ずその場をすり抜け、いつも慎重に距離を保った。そのように風変わりで束の間の、音と接近だけの関係を続けていたのである。彼女たちの虜となって引き寄せられ近づいては、一種水中ダンスのような格好でその場を離れ、エネルギーを使い果たし、疲労困憊するのだった。その後は、遠回りでアーチを描くようにゆっくりと泳ぎながらその場を離れ、日陰で休むために、家のある、丘の麓のいつもの入江に向かった。夜の続きは上の階で、アトリエに面した窓や扉を全て開け放し、裸で大の字になって、そよ風を受けながら眠るのだった。

不思議なことに、失明の秘密は始めの三シーズンまでは曖昧なままだった。四年間で若者はすっかり成長し、戸外生活が彼にあらゆる能力を与えていた。四年目の終わり頃になると、海岸の一部では何かしら今までにない新しい変化が広がりはじめた。水、陸を問わず人々の声はますます数を増し、乱痴気騒ぎが一層の混乱や苛立ちを招くようになった。海辺に、というよりその一番奥、彼の家の向かい側（こちら側はすべて彼の所有地だったので）に新しい木造の別荘がニョキニョキ生まれはじめ、もっと大きくて大衆的なホテルがパスクアルのホテルと競い合っているのも彼は知っていた。あの年、シーズンが終わる頃には、気に入った三、四、五人の人影を識別するのがもはや至難の業となっていた。最後の何週間かは、週末、砂地めがけて疫病のように襲いかかる人々の群れがあった。もちろん彼は海岸から五百〜千メートルと最も離れた地域に住むことができたが、そこまでとなると見知った娘は一人か二人ぐらいしか来なくなった。他の娘たちは、内陸から怒涛のようになだれ込む、あの芋の子を洗うような人々の波に飲み込まれでもしたのかと思えて、それが彼を苛立たせた。

同時に、何の巡り合わせか、かの慈悲深い陰謀に亀裂が生じはじめた。初めのうち、海水浴客たちはそのおかげで彼の病状を知らないか、知らないふりをしていたのだが、彼の姿は人目を引き、世間を避けたいと思うものの、ただ目立つばかりだった。頭を丸刈りにしても効果はなかったし、赤銅色に輝く肉体は他の誰とも似ていなかったのだ。

賑わいにもかかわらず、彼はまたもや少しずつ浜辺に近づき、もぐったり水面に浮き出たりしながら、素早く紛れ込んでは言葉をとらえていた。まだ何人かは彼のことを「金髪《ルビオ》」と呼んでいたが、時には喧噪に紛れて密かに聞き逃すような、切れ切れの音声もいくつか聞こえていた。これらはたまにあちこちのグループで、通りすがりにちらりと聞こえるだけだったが、彼は、「鹿《シエルボ》」、「飲む《ベボ》」、「ゲーム《フエゴ》」のように、きっと発音が「盲人《シエゴ》」によく似た他の言葉なのだと自分に言い聞かせながら、あくまで気に留めなかった。似たように発音しうる言葉、またはほんの微かな意味合いにせよ、この浜辺ではそう発音されているのかもしれないと思う言葉が全て蓄積されていった。これらの言葉は自分の病状のことを言われている、と思わないための口実なり正当化するものとして役立っていたのである。だがこんな努力にもかかわらず、言葉は当然のこととして意識の底深く浸透していき、もはや痛ましい程の重圧が彼を苦しめていた。シーズンの終わり頃は、以前に比べればむしろほっとする日々が続いたが、最後の午後はとりわけ悲惨だった。海水浴客たちのど真ん中まで行くという危険を冒してしまったのである。言葉、または類似した音声が残酷極まる執拗さで繰り返された。アンドレスはできる限り大きく迂回してこれらを避けたが、初めてコントロールを失ったに違いない。普段以上に遠くまで泳ぎ、疲れ果てて岸へ辿り着いた。この時以来彼は自分の縄張りに閉じこもり、冬の間じゅう、出かけてもただまっすぐに北上して、戻り際に急いで通り抜けるだけになった。

あの朝、もう一つの出来事が彼の度肝を抜き、震え上がらせた。寝不足のまま夜明け前に飛び込み、急ぐともなく北西へ向けて泳いだが、その後はまっすぐ南へ向かっていた。彼にはある不思議な、人には説明しがたい感覚があって、いつでも正確に方向を定め、距離を測ることができた。時計を使えば、どれぐらいの距離なら疲れずに一定のリズムで泳ぎ回れるかを正確に測ることはできたが、疲れることがなかったのでその必要はなかった。だが、このシーズンはやり場のない感情が鬱積していた。最初は常に神経を研ぎ澄まし、体はいつも、近づき過ぎない範囲でできる限り接近したいと願いながら、ほぼ休みなく泳いだ。そんな、距離を保ちながらの対峙や急な逃走劇、憶測での潜水や方向転換などは、もっと年齢を重ねた、あるいは体力や経験不足の体にはとても骨の折れることだったろう。彼はこの決定的な日までそんなことを感じるとは思いもよらなかったが、この日ばかりは間違いなく遠出しすぎており、砂地の熱気（はたして熱気だったのか）に気づいた時には息苦しさを覚えていた。浜辺ではもう大騒ぎだったが、それ以上近づこうとは思わず、顔に生ぬるい太陽を感じるまで仰向けで体を休めた。長い間夢見心地のまま、水際で騒ぐ声を遠くに聞きながら、穏やかな波に揺られていた。ところが、ある潜水によってこの平安は一気に破られる。初めはエイかサメの挨拶かと思った。奴らは時々岸に近づきすぎることがあったからだ。だが、あれこれ考える間もなく、すぐに分かった。

一種の波が水面下で体をかすめながら通り過ぎ、今度は横から戻ってきた。緊張しすぎて、どれくらいの時間だったかは分からないが、相手はひとしきり周りをグルグル回ると、下を通り過ぎたり上の方で飛び跳ねたりした。一瞬ピタリと寄り添い、波のようになって彼を抱きしめたかと思うと、腕の中に滑り込んだ。それからまた同様の早業で、笑い転げながら浜辺の方へ行ってしまった。まん丸に膨らんでは粉々に砕けるシャボン玉のような笑いだった。

実際はどうだったのだろう。笑い声は覚えていた。しかし触った感じは、言葉の端々から窺い知るどんな言葉、イメージ、掻き立てられる感動とも、彼の中では何ら呼応しなかった。感触、動作、体型があの人物の、それとも他の実在の人物のものだと言ってみても、名前が分からなければどうしようもなかった。事実を示唆するものはほとんどなかったのだ。しかし笑いの主が彼女だということは疑いようがなかった。この限りでは、初めて会った日から彼女を知っていたのだから。

アンドレスは回り道をして家へ戻ったが、体の芯がずっと震えて止まらなかった。ボーイが昼食を知らせに来た時には（彼は忘れていたのだろうか）、結局運んでもらう羽目になった。次の日も、ボーイは朝食を持って現れたが、ただ驚いてまじまじと見つめるばかりだった。彼はまだ立ったままで、顔には茫然自失、苛立ち、それに落胆の表情を浮かべていたからだ。ボーイはテラスのテーブルに盆を置くと、長いこと何も言わずじっと見つめた。それから多分、彼の心情を察して言った。
「あの方はあなたに泳ぎ勝ったのですよ。今年は小舟で来られましたが、また仲間の皆さんと旅へ出られました」

アンドレスは答えない。その情報に心を動かす素振りさえなかった。その後は、重くのしかかる感情を押しのけようと努めた。それが必要だった。何に傷ついているのか。彼女は夢のように現れ、消えていった。だからこれは夢として捉えればよいのだ。

ともあれ、夢はまるで既成事実のように深い傷跡を残した。九月から六月にかけて彼は浜辺へ戻らなかったし、以前の冬と異なり水中で過ごすのは昼さがりの数分だけだった。ところがある日の午後、「今年の冬は前より寒いな」とぼやきながら、ずっと閉じたままだったアトリエに入ってみることを思いつく。それまでは、初期のデッサンを保管する、という気持ちしかなかったが、不意にそんな考えを起こしたのだ。締め切ったアトリエには一種カビ臭いぬくもりと停止した時間があり、そこに埋もれていたいと思った。以前の状態とは全く対照的で、外へ向かって飛び出すよりもむしろ引きこもる方を望んだのだ。水中に身を投じ（ちょうど修理を終えた小舟のようだったが）、浜辺へ向かって軽く泳ぐ時はいつも、暗澹たる感情とそれとは正反対の感情がすぐにぶつかり合った。めくら、という響きにそれほど似た音声は、目の前で直面したとしても実際にその言葉だと受けとるようなことは決してなかったが、いつしか心に深く溶け込み、居座り続けていた。アトリエは、その雰囲気がまさに避難所のように思えたのだ。ものの在処を求めながら、手探りで辺りを歩きはじめる。思い出の詰まったトランク、作業机、習作たちの待つ広くて長い棚、石膏粉にまみれた箱、前には湿ったラシャに包まれていたがもう乾燥して硬くなった粘土の塊……。中央には、ガラス窓へ向けて、前の家で使用した折りたたみ椅子が置かれ、顔に光を浴びて寝そべりながら、かつて見下ろした砂浜や海辺の美しい景色を眺める気分を味わった。同時に、何となく自分の彫刻たちに触れはじめるが、その印象はまさに拒絶的で、まるで電流が走ったかのようにそれらが指をはねのけた。あれらの、小ぶりでみすぼらしい、ゴツゴツした形は、今や、すべすべで伸びやかなラインに出会ってほぐされた彼の感覚をひどく苦しめたのだ。胸像、立像、頭像などの彫刻たちは、もはや限りなく解き放たれた自分の魂を狭量かつ閉鎖的なラインで束縛するものでしかなく、しばらくは本来のサイズに閉じこもって生きるように、と決めつけられている気がしたのである。発作的に苛立ってガラス扉を開き、それらを海へ放りはじめる。だが、落ちた場所には見当をつけておき、海へ潜った折には決してそこまで行かないようにした。

しかし、今や自ら限定していた一角が窮屈になり、春の訪れとともにそれを打ち破ろうと不器用にもがきはじめる。手放した彫刻類の後には新たに作れそうな作品を、想像しながら満たしていった。そうしている自分の姿が浮かんだ。形のない塊から像が現れ、次第に芸術的な生命が吹き込まれていくのだが、それらは目に見える外観に、というより内側から沸き上がる感情に応じて、（思いのままに膨らましたり、ねじったり、引き伸ばしたり、場合によってはろくろにかけたりもしたが）彼の力量にふさわしく変わっていくものだった。彼は作品が形をなしたりバラバラになったり、変化しながら出来上がっていく様子を眺めていた。ある日のこと、ボーイに命じてハバナの湿った粘土の塊を取り寄せ、作業を始める。最初の作品は期待外れだった。指の下の土は、想像で見たり感じたりしたものとはまるでかけ離れていたのだ。だがその対比が、小さくて写実的な像よりももっと身震いするような反応を彼の中に呼び起こす。あのギザギザの像に対して勝利を感じたのだ。そして続く一時期には障害から自由になり、漠然とではあったが、何か大きな能力に恵まれた自分の姿を見たものだった。だが、次なる落胆が彼を打ちのめす。何日か後には、奇妙な凸凹を刻みつけたあの土塊を棚に放り上げていた。レリーフはどれもこれも、名前を付けるより先に、まるでこの世のものではないような、万に一つも目に浮かべたものとは似たところのない代物だったのである。次々に色々な作品を作りはじめては放棄した。いつも、多分海底の様子に似た凸凹、高みや窪みに似たものを繰り返し作っており、一つとして完全な人間の形をしたものはなかった。

　春の訪れとともに、調子をとり戻しはじめた。もう一度アトリエを閉じて、今までは一度もしないことだったが、戸口に座って、波の音や木立の向こうを駆け抜ける馬の蹄の音、枝を鳴らす風の音に耳を傾けながら何時間も過ごした。海岸の別荘地からは時おり蓄音機の低い音が聞こえて来る程度だったが、四月にはもう若者たちの声や笑いが響きはじめ、それらの声に誘われて彼の心もまた元気になっていった。またもや、水面ぎりぎりを泳ぎながら、音も跡形も残さず接近しはじめた。彼は休んだり待ち伏せしたりする魚のように、しょっちゅう動きを止めた。これらの能力が備わっていたのだ。水面直下で止まってはいたが、ちょうど魚と同じで口を上に向けて浮くわけではなく、その鰭を動かすところを見た者もいなかった。ほどなく、どんなに大きな騒音の中でも求める声や笑いを聴き分けはじめた。ボーイによれば、彼女は前年誰よりも遅く戻っていったが、今年はいの一番に来ているとのことだった。彼女に魅了され、ますます引きつけられて、恐らくは危険も顧みずグループに近づいた。泳ぎながら彼女を感じ、競ったり、ふざけたり、身をかわし合ったりして戯れようと、暗黙のうちに二人で決めた場所(時により変わった)、遠い外海へと彼女を誘った。時々彼女は脇をすり抜け、戻ってきては反応を見るように、動きを止めて振り返った。彼の反応は様々だった。もしかすると自分の顔にじっと注がれているかもしれないと感じる、あの視線から逃れようとして身を沈め、もっと離れた場所に現れたかも知れない。それとも彼女の起こす水流の虜となって一緒にぐるぐる回りはじめ、潜ったり、水の外に飛び出したりしたかもしれない。その間、彼女は黙って仰向けで浮きながら、ただもの憂げな様子で身を任せていたが、彼のちょっかいに促されてこちらを振り返る。こうなれば、もう一幕のクライマックスである。彼はすぐさま沖へ、彼女がついて来そうもないところまで出たいという衝動にかられて、その場を離れる。それからへとへとになるまで泳ぎ続け、浜辺の片隅、自分の縄張りへと戻っていったのである。

この朝、彼女があまり遠くまでついて来たので、アンドレスは不安を感じていた。疲れたのではないか。彼は二、三度コースを変えながら、時間をかけて岸の方へ泳いだ。彼女をその方角へ誘い込んで、砂浜近くで降参させようという腹づもりだった。その時彼はすっかり疲れており、日陰の隅の隠れ家へ向かって逃げにかかっていた。最後の数メートルは気力もなくなり、荒い息で喘ぎながら、やっとの思いで生温かい砂の上に上半身を投げ出した。しかし気分は高揚して、目の中に失われた視力がまるで額や頬や口を伝って融けだしたのかと思うほど、顔中光り輝いていた。

初めのうち、これら娘たちのイメージは個々のものではなかった。全体から同時に、波動や捉えどころのない発散物として何かしらを受け取っていた。あるものがより強かったり、より近かったり、またより遠かったりはしたが、決して一人ひとりが自立した唯一の力を持って、他のみんなから離れていることはなかった。いつも彼女たちであり、ひとりになるのはほんの一瞬だけ、さもなければ接近も手招きも彼女たちのそれだった。徐々にではあるが、それらのメッセージが区別されて水中で独自の声とリズムを持つようになり、ほぼ個人的に特定できるまでになっていた。ところが今だけは、実際に一人の娘だけが皆から離れて、漠然と夢のように散らばった母胎（彼の中ではこれが彼女たちだった）に逆らってさえいたのである。次の日の午後は更に遠くまで行った。はしゃぎながら彼女がどこまでもついて来たので、彼は再び体力が尽きるのではないかと恐れ、常に岸近くへ戻りながら進んだ。今回彼女は宵の口までへばりついて離れなかった。そこで二人はひと息入れようと、喧騒から幾分離れた場所へ向かい、波に弄ばれながら辿り着いた。なされるままに、湿り気があり、柔らかで温かな砂の上に倒れこむ（彼女は彼の肩にそっともたれていた）。長い間水の中にいた後だったので息も絶え絶えで、脈絡もなく通り過ぎてゆく言葉も音楽のように聞き流しながら、体を休めていた。横揺れの人波が彼女の体をへし曲げた勢いで、二人の肩は更に大きく重なった。首に彼女の顎先を、頬にはまとわりつく毛髪を感じながら、彼女の体がまるで熱に浮かされた囚われ人のうねりのように思えた。

次の日、水中で二人が描くアーチは次第に広がり、休憩ポイントはますます彼の私有地に近くなった。だが休憩は突然、そして不思議にも彼によって中断される。まるで体が水でできていたのかと思うほど、いつの間にか水中に姿を消したのだ。ことばが繋がり、何がしかの意味を持ちはじめると、彼はいつでもそれを断ち切らねばならなかった。この夜はダンスパーティがあった。彼女はいつものように、月曜日までは残っていた。朝になればきっとまたやって来るだろう。来たければそうする。彼女は望むことがあれば何だってできた。彼は一体どこに住んでいたのか。彼女は海底の洞窟までだって一緒に逃げて行けた。そこには間違いなく、彼の城があっただろうに……。

若々しい彼女の笑声が、パッとそこらじゅうに響き渡った。翌日の午後、再び水に飛び込んだ彼に、彼女が空中で割って入ったのだ。二人は波に包まれながら岸へ押し戻される。互いに振り解こうとするでもなく寄り添うでもなく、その両方で、しばらくは激しい争いが続いた。その後、離れ際に彼は何かが壊れるような感覚を覚える。実際にバネが弾けるような鋭い音を感じて、もう一度探してみるが、もはやそこに彼女はいなかった。既に時間の感覚も場所の感覚も失っていた。恐らくまだ日は高く、浜辺の中心からは幾らか離れているかもしれなかった。近くで物音を感じた。いつかの夜のように砂の上で、複数の裸足の足音を聞いたような気がしたのだ。だが、それっきりだった。しばらくは両目にそよ風を感じながら、息を潜めて気配を窺った。やがて少しだけ落ち着くと、注意を払いながらまた泳ぎはじめ、浜辺からあまり遠くないところで時々止まっては、耳を澄ました。人々の集中する区域に入る前には何となくある場所が気になって、幾度か後ろを振り返ってみた。しかし何も聞こえなかった。何が気になったのだろうか。彼女かもしれない。後を追ってこない彼を訝って泳ぎを止め、今は一層怪しみながら浜辺で彼を観察しているのではないか。砂浜に腰を下ろし、両腕で膝を抱えながら水中に足を浸している、そんな彼女の姿が目に浮かんだ。陸上では決して一緒にいようとしない魚人間を、驚きの表情で見つめている。見張りながら家までついて来るのではないかという恐れがあって、彼は幾分遅れて、細心の注意を払いながら家に戻るしかなかった。決して明かりの灯らない家には、横にほとんど目立たない入り口があり、百メートルほどの小道で浜辺に通じていた。周りで何度も足音を聞いたと思ったが、近づく者はなかった。その夜は家の脇にある小さな門の下にハンモックを吊るして眠った。だが目を覚ましてみると、どれくらいの時間が流れたのかさっぱり分からなかった。分かったのは太陽が頬いっぱいに当たって、反対側から誰かが入って来たことだけだった。その音からボーイだと分かった。果物、蜂蜜、牛乳の朝食で元気を取り戻す。明け方海に飛び込まないのは、この長い年月でも初めてのことだった。今は午後を待って、以前暗黙のうちに会う約束をしたあの区域へ行き、もう一度彼女を見つけ出すしかないだろう。しかし緊張は既に高まっていた。人混みを避けて描いた遊泳のアーチはいつの間にか大きく広がっていたので、二人はその分だけ海岸から離れた場所へ追いやられていたのだ。その頃まではいつも海の中で戯れたが、前日の午後は初めて、危険にも浜辺へ近づいた。ボーイはこのことについて何か知っているだろうか。

彼の話はためらいがちで、明らかに何かを隠していた。あの娘が主人と競って泳ぐところを彼は見ていたのだ。昨日アンドレスを追いかけていた時、もう一人、彼女の後ろを泳ぐ男がいた。男は結局二人には追いつけなかったが、暗くなって、ホテルと家の中間あたりで、ひとり砂の上に座りこむ彼女に出会っている。その後、夜半過ぎになって娘は一人でホールに姿を見せ、明け方までぶっ通しで踊っていた。そして、まだ起き出していない。

ボーイの話はここまでだった。午後も半ばになって、アンドレスは再び人ごみに近づいていく。実際にその娘の存在をはっきりとらえ、前シーズンまでの彼女と同一人物だと分ってから五、六週間が過ぎていた。引き続き、人々の群れがその数と勢いを増して殺到する。このことこそがほとんど誰もが近づき難い、一般遊泳区域の外まで彼女を誘う助けとなったようだ。人の流れが増すにつれ、彼女はますます、敢えて禁止区域の方へ行こうとした。逃避し旋回する若者にならって、群衆の動きに巻き込まれ、引きずられながらついて行ったのである。今や何かが起きていた。二人が人目につかぬ入り江に辿り着くのに十分なほど遊泳のアーチが広がる前に夜になっていたが、二人の間にはある奇妙な苛立ちが生じていた。前夜は実際に何が起きたのだろうか。二人は何故、まるで争うように抱き合っていたのか。そして突然、バネにはじき飛ばされるように拒絶して離れたのか。もしかすると姿を現したのは……。だが、それはあり得なかった。浜辺から離れたところでひとり座りこんでいる娘に若者（それが誰であれ）が出会った、と言ったのは当のボーイ自身だったのだから。二人が互いに離れた原因は、どんな外的なものでもなかった。何れにせよ、二人のどちらか（それとも双方の）、内なる暗澹たる何かだったのである。

今や彼は、彼女を見つけ出したいという思いに燃えていた。恐らくまだ早すぎるのだろう。太陽はジリジリと手や額を焦がしてさえいるが、海中の人の数はそれほど多くない。すでに時間の観念を失っていた。これはきっと良くない兆候だろう。三年以上もの間、彼はその他の感覚を全て研ぎ澄ましてきたので、自分の障害をほぼ完璧に隠し通すことができていた。そのように用心したおかげで、不可思議な方程式を介して、時間や位置、大きさや距離を、他の人間にはない正確さで割り出すことができた。だがわずかでも注意を怠ればたちまちばれて、台無しになってしまう。昨日の午後はそんな不注意を冒してしまったのだろうか。そうだとは言いきれなかった。では何があったのか、彼の記憶は混沌として掴みどころがなく、時間までもがその中に溶け出ていた。その疑問に一層、もう一度会いたいという気持ちを駆り立てられ、彼はひたすら待ち望んだ。もしや、もう戻らないのではないか？　今日は日曜日だし、月曜日までいると言ったのは彼女自身だった。実際は、彼女が踊り疲れただけだと言う。そして……。ボーイがもたらした、踊っている娘のイメージが一瞬彼を苦しめた。このイメージを自分の中で純化させながら、見えざる男の腕の中で踊る彼女を見つめるしかなかった。

　徐々に近づいていく。二、三メートル進んでは止まって顔を傾け、方向を転換する。半円を描きながら、辺りをくまなく泳ぎまわった。午後、涼しくなるにつれて、人がどんどん繰り出して来る。尋ね人に注意を集中するあまり、もう他のどんな声も耳に入らず、ただ心の中で、「この娘じゃない」、「この娘は違う」、と呟くだけ。どんな大騒ぎの中にいたとしても、彼は何の苦もなく娘の声を聞き分けただろう。人声は増すものの、近づけば近づくほどスーっと遠のいた。彼女はまだ立ち去っていない、という思いがますます彼を人ごみの方へと導く。そこへ行けば、絶対に彼女が見つかるはずだった。《彼女は気づかれないように黙っている……。面白がっている。黙って様子を眺めている……》

　思考は不意に途切れる。ひとりで泳いで来ていた。迷子になり、自分では全くコントロールできなくなって。見ればすぐにも分かるところにいたはずなのに、どうして彼女は黙りこくって身を隠そうとしなければならなかったのだろう。それとも、もしかすると彼女にはもう……が分かっていたのか？　泳ぎのへたな連中が慌ててバシャバシャ音を立てながら、彼の方へやって来た。近くで、誰かが不用意に飛び込み台から飛び降りる。とぎれとぎれで不明瞭な声が飛び交う。きつい冗談も交じっている。ある娘が苛立って声を上げる。「あいつのところまで行きなよ」他の者たちを煽っているのだ。またもやあの憂鬱で、紛らわしい音声だ！　その後、人々の声は誰かを呼ぶように、直接その誰かの方へ向けられているかに思えた。声の向けられた先はディエゴという名の人物に違いなかった。というのは、そのように聞こえていたからである。ディエゴ、ディエゴ……

いや、今や間違えようのないほどはっきりと、執拗に聞こえる。声は盲人《シェゴ》に向けられているのだ。その人間に止まるよう命じている。誰がそこまで行けるか、互いに挑戦しあっている。彼はあちこちで平手打ちを食らいながら、混乱し、茫然として止まる。数分間はどの方向へ泳ぐべきか、泳ぎたいのかが分からず、その場に止まったり軽く回ったりしながら、水面すれすれのところで留まっていた。続いて、わずかに静けさが支配する。声は散りぢりになっていくようだった。するとその時、沖合と思しき方角から水中を滑るように近づいて来る身体の、微かなシーシーという音を感じる。音はまさしく彼の前で止み、その周りで単なる波の振動となって、音もなく水中に溶けていった。一瞬、この波動までもが止む。すると彼の前、想像でしか見えない目の前で別の目があからさまに驚いて、盲人の目を見つめながら目を見張ったのである。間髪を入れず、何者かが彼を目指して海底からまっすぐに浮かび上がり、上昇で引き起こされた水流に乗ってその身体をくすぐった。

きっと全ては一瞬だった。動きが止まり、肉体が去ってしまえば、引力も絶たれる。再び声が沸き上がるが、今度はもう、逃げる者への追い討ちのようなばか騒ぎである。アンドレスはやみくもに腕を振り上げ、ストロークを開始する。今までは限られた場所でのんびりと、見張りや誘導の付き添いも、行く先々でのうるさい気配りもなく泳ぐことが許されていた。だがそれは、気配りがより広い範囲に向けられていたというだけのことだ。今度は、手がかりとなる円周上のあの点はなくなっている。唯一の動機は逃げる、それも屈辱的な声の範囲からではなく、もはや分っていながら、自分の目を見てあれこれ憶測した目から逃れることだった。ただ逃げたいだけで、明確なゴールはなかったのだ。たった一つの手がかりは自分が逃がれようとしている声とざわめきだったが、それもすぐに消えてしまった。そして、海は隠し切れないものを隠すには狭すぎる、と彼には思われた。怒りに任せて、休みなく、計り知れないほどの長時間を泳ぎ通し、ついには疲れが衝動を和らげて、気持ちを明るくしてくれた。何故そうなったのだろうか。機械的、本能的に水面で仰向けになっていると、顔に微かな太陽を感じた。日光は水平に差し込んでいたから、間もなく沈むはずだった。太陽を目印にするならば、どんなに長い道のりでも浜辺へ引き返しにかかることができるだろう。だが、その前に考える必要があった。それにこの手がかり（太陽）は瞬く間に姿を消したのである。泳いで来たルートを逆戻りしようとした時には夜の帳が降りていたに相違なく、どの方角を目指せば浜辺が見つかるのか、もはや皆目見当がつかなかった。それを示してくれる要素も全くなかったし、遠くにいるのは確かだった。力の限り泳いだので、もうクタクタだった。普段なら一マイルを超えるまで泳がなければ、そんなことはあり得ないことだった。恐らくそれ以上だったのだろう。こだまを求めて叫ぶわけにもいかないし、どこからも、どんな音も聞こえなかった。その上、疲労は抜けきれていない。脚、腰も腕も思うように言うことを聞かず、あろうことか軽い息苦しさまで続いている。水は冷たくなり、体中が痺れているようだった。岸は頭の方角にあるはずだと思った。太陽（反対側に沈んでいた）が顎の先に当たっていたからだ。だがその間、波は何度も彼を回転させていた。目が見えさえすれば、方向を見極められるのだったが。一体どうすればいいのか。抑えていた震えが電流のように、他の感覚や思考力をすべて消しながら通り抜けていく。どうすればいいのか。こう問いかけるしかなかった。恐らく夜明けまでは浮いていられるだろう。しかしその時だって、誰かがそこを通るという保証はない。ボートもヨットも艀《はしけ》もこの区域を通りはしないし、海水浴客だって、こんなに遠くまで来るような危険は決して冒さない。闇雲に危険を冒し、あちこち当たりをつけるしかなかった。だがもしかして、岸とは逆の沖へ向かって泳いでしまうとすれば！　もちろん、彼はさまざまな態勢をとりながら、たゆまず浮いていることができた。例え入り口を違えたとしても、二、三時間もすれば分かるだろう。勢い込んで出発してから（最初は岸へ向けて、それからまっすぐ北へ向けて）一体何時間ぐらい泳ぎ続けているだろうか。それは言葉にできなかった。じっくり考えはしなかったのだ。今までどんな場合も、どれほど岸から離れているからと言って驚いたりはしなかった。では、今度はどうして？　少し疲れている、恐らく。手足はいくらかかじかんでいた。しかし、夜の冷気のせいかもしれない、すぐにも暖かくなるだろう。

不可解な理由、または印象によって、海岸の可能性が最も高いと思われる方へ向かってジグザグのコースをとることにした。そうすれば、岸と平行に泳いだ場合でも、ジグザグのどこかで直近まで近づき、鋭敏な聴覚が何がしかのざわめきに気づくだろう。（平均的なペースに彼の疲労度を加味して）最長でも二時間あれば答えは出ると割り出した。もしそれがうまくいかなければ逆のコース、つまり正しいコースへとりかかればよいのだ。体力を節約し、できる限り楽に長距離を稼げるよう、のんびり泳いだ方がよさそうだ。

初めのうち痺れはあったものの、ストロークは比較的のびのびしているようだった。頑張らなくても進んでいると思えた。波は強くなかったし、この深さでは水の浮力も十分だった。今や総ての機能がこれら手足や体の動きに集中していた。機能が初めて、いわば、その表現行動を頭脳に送っているようだった。以前は機能自らが行動を起こし、意欲との意識的な係わりはなかった。他の目的に当てることも自由だとみなされていたからである。彼にとって泳ぐことは平坦で知り尽くした土地を歩くようなもので、気にかけることすらなかった。脳のひも付きで、脳の直接的な監視のもとに行動するなどは今までにないことだった。それはちょうど、この機能を果たす命令の手段が壊れてしまい、自分の行動と思考までもがあまりにも間近で意識と繋がっているようなもので、そのことが痛ましいほど彼を苦しめていた。水中で激しく体を揺さぶられ波に噛みつかれる度に、こめかみで切なく響きわたるようだった。これらの行動は、ちょうど舞台で上がってしまう役者のように、監視されることによって反応が鈍っていた。ひどく頑張っている割には少ししか進まないことに気づいた。関節がきしんでいるように、また骨と骨が擦れ合っているようにさえ思えた。努力に見合うほどは先へ進んでいないのに、それがどの程度なのかを確かめるすべがなかった。しかし、向かって来る波一つを超えるにも時間がかかりすぎて、少なくとも骨が折れた。

加えて筋肉の冷えが増し、暖まるどころか一層寒さが身にしみた。それでも距離を稼ぐことに全力を集中できて、当分は方角を違えたのではないかという思いに動揺したりはしなかった。必要なだけの努力を怠らなかったので、海岸を背に沖へ向かって泳いでいるのではないか、というぞっとするような可能性に直面することもなかった。それどころか、すぐにも、松林や入江、ココヤシの木、波よけブロックなどに吹くそよ風の音を聞けるだろう、という希望が彼に勇気と力を与えてくれた。また、その頃には砂に降り注ぐ太陽の熱気で水も温んでいるはずだった。どれほど遠く離れてパニックに陥ったとしても、その時は疲れるまで一気に力を出し尽くし、同じ距離を軽やかに泳ぐことができる。再び休息が必要になるとしても、それは絶対的に必要な場合だけである。そうこうしている間も、ひたすら泳ぎ続けるだけだった。

初めは時々止まって首をかしげたが、自分のストロークが立てる水音以外はどんな音も聞こえなかった。その後、すでに疲れがさし迫って来た時、二、三度、微かだが聞きなれないざわめきを感じたように思った。それはカエルの鳴き声か、かき鳴らす楽器の音か、あるいは丘の上で朗唱する十行詩だったかもしれない。いずれにせよ、地上での音に違いなかった。海ではありえない音だったからだ。その時からというもの、岸はすぐそこにあり、自分のとっている方向も間違っていない、ということを潜在意識下ですら疑う気にはならず、更なる努力を重ねた。自制しつつ、リズムを保つように努めはしたものの、いつの間にかスピードを上げて、力の限り自分を駆り立てていった。とうとう今度は、その努力が痛みに変わっているのではないか、と感じるようになった。

その後、痛みそのものは減りはじめた。いや、むしろ体全体で薄まりはじめていた。再び監視の力に身を委ねて、ひとりでに動きが硬くなったかに思えた。全神経をゴール（もう近いはずだった）に集中させる。すると最初のあのざわめきはすっかり姿を変え、無数の、陽気な、全く突拍子もないものとなった。若者の声あり、笑いあり、音楽あり。コオロギが鳴き、列車が汽笛を鳴らして通り過ぎる。そしてもっとおかしなことに、彼が泳ぎながら描いたあのアーチ型の軌跡に沿ってホタルが通り過ぎるのを二度、三度見たとまで思ったのだ。またもや想像の中に姿なき男と踊る娘の姿が現れて、他のカップルが皆いなくなった明け方まで、ずっとひとりで踊っていた。無数のイメージとざわめきにすっかり思考力をなくし、普通の人なら当然思いつくような考えから彼を遠ざけた。明け方になると、浜辺は日曜日の人出でごった返していた。その人だかりを縫って彼女が現れる。まるで返す波のように、小麦色の波のように。そして、脇の方から彼を出迎えようとする彼女の（明るく、澄み切った、微かな、驚いたような）声が聞こえる。何かを尋ねたようだったが、聞き取れなかった。彼女は突然浮かび上がり、また沈み、彼の周りを何度か回ったが、彼がそちらへ行こうとする度に溶けながら遠ざかった。声をかけ、疲れて助けが必要なことを分かってもらおうとするが、声が喉につまって出てこない。片手を、続いてもう一方の手を上げる。傷ついて、海に落ちてしまった陸鳥のように、絶望的な羽ばたきを繰り返した。娘の余波を辿りながら、見ているつもりの人影をいくつか掴んでみる。だがそれらもまた、ざわめきとともに溶けてしまう。しかし、それは笑い声でなく、どんな笑い声よりももっと残酷な嘲笑に似た響きだった。

何度かそんなことをするうちに、気を取り直した。もしや、誰も気づいていないのでは？　きっとそうだ、彼ほどの泳ぎの達人が、浜辺からたった百メートルぐらいでどうして溺れたりするものか。それほど離れてはいなかった。群衆はもっと遠くへ来るはずがないのだから。人魚を追っかけて行くような人間は、よほど向こう見ずな奴に決まっている。他の連中はもっと先にいた（彼ははっきりと彼らを見たのだ）。そこまで行きつけば（ほんの三十ストロークの距離だった）きっと助かるだろうに。何かを掴めるだろうし、足だって地に届く。この思いが新たな目標を作りだし、ありったけの筋力をふり絞って、まっすぐ、午前中はいつも海水浴客の中心となっていた賑やかなグループの方へ向かう。そして、その距離を泳ぎきったと思った時に、再び頭をもたげて周囲を見回した。そうこうするうちに太陽が額に、それから頬に当っていると気づく。しかし、核なるものは存在しなかった。同様に溶けていたのである。アンドレスは右へ、左へ、水をかいた。だがそうしながらも、しがみついたと思った人影が溶けていることに気づく。彼はもはや水面下に沈んでいた。遠く、ひとかきするごとにどんどん海の中へ、海の底へ引きずり込まれ、海岸から、真っ白な砂浜からはますます遠くなり、得体のしれない暗がり、はるか海の底の、闇の彼方へと沈んでいくばかりだった……。

すばらしいミリグラム

フアン・ホセ・アレオラ

鈴木 宏吉 訳

フアン・ホセ・アレオラ（Juan José Arreola 1918~2001）

メキシコの作家。実験的短編作家。魔術的レアリズム、風刺、寓話などの技法を用いてメキシコに強い伝統的レアリズムに挑戦した。「すばらしいミリグラム」（El prodigioso miligramo）は一九五二年に出版された『共謀』（*Confabulario*）の中の一編で、作者はこれを通して現代社会のあり方に形而上的疑問を投げかける。

すばらしいミリグラム

……彼らはすばらしいミリグラムを運ぶであろう。
カルロス・ペリセール

持ち帰る荷は少なく、うっかりミスを繰り返してばかり、だからみんなから白い眼で見られていた一匹のアリがいた。ある朝、そのアリがまたしても道からそれてしまったとき、すばらしいミリグラムを見つけた。

立ち止まってこの大発見の重大さをじっくりと考えもせず、アリはそのミリグラムを拾うと背に担ぎ、確かに自分にぴったりの荷物だと喜んだ。その荷物の重さは理想的でアリに不思議なエネルギーを与えた。まるで鳥の羽根のように。実際、アリたちの死を早める原因の一つは、欲張りすぎて自分の体力を考えないことである。一粒のトウモロコシを穀物保管庫に引き渡した後では、それを一キロにわたり運んできたアリには自分の亡骸《なきがら》を墓場まで引き摺って行くだけの余力がほとんど残っていない。

この思わぬ拾いものをしたアリも自分の運命が分からなかった。しかしその足取りは、宝を持ち逃げするかのように不安にかられ先を急ぐものだった。名誉回復という漠然とではあるが、幸せな思いに彼の心は膨らみはじめ、随分と遠回りした挙句、その日の荷物を背中にして夕暮れの帰途にある仲間の行列に加わった。彼らの荷物は丁寧に切り取られたレタスの葉の小さな断片であった。アリたちの進む路は、小さなみどりの細くどこか凹凸した城壁の最上部に似ていた。誰の眼も欺くことが出来なかった。ミリグラムはその完璧な一体感の中にあってはあまりに異質の代物だったからだ。

早くもアリの巣は深刻な事態に陥りはじめていた。門衛のアリや全ての地下道に配置された検査官のアリたちが奇妙な荷物に対する拒否反応を強めていたからである。〝ミリグラム〟とか〝すばらしい〟とかいう言葉がぽつぽつと、そこかしこで、わけ知り顔の口を通じて交わされていた。でんとした大机を前にして、重々しい態度で腰を下ろした主任検査官のアリが、困惑顔のアリに向かってこの二つの言葉をつなぎ合わせながら、嫌味たっぷりに言った。「すばらしいミリグラムとやらをわれわれのもとに持ち込んでくれたのはキミだな。心から祝福しよう。だがわしは義務として警察へ通報せねばならない」

治安に携《たずさ》わる公務のアリたちはすばらしいとかミリグラムといった問題の解決には最も不適なアリたちである。そこで、刑法に規定のない今回の事件に対しては、現行一般法の規定に準拠して、ミリグラムをアリごとそっくりそのまま押収した。被告の前歴が最悪であったことから、起訴は合法的手続きであると判断され、本件は司法当局の手に移った。

当《とう》のアリの不安をよそに、法的手続きが相変わらず遅滞するなか、常軌を逸したそのアリの振舞いに弁護担当のアリたちでさえ反感を募らせた。ますます信念を深めるアリは自分に向けられるすべての嫌疑に対し終始尊大な態度を取った。自分のケースでは重大な不正が行われていると噂を流し、直ぐにでも敵対するアリたちは自分の発見の重要性を認めざるを得なくなると公言した。そのような暴言が彼の身にあらゆる既存の刑罰を呼び込んだ。驕りを極めたアリは、これほど無能なアリの巣の一員であるわが身が嘆かわしいとまで言った。この言葉を耳にするや検事のアリは雷のような声で死刑判決を要求した。

かかる状況のなかで、アリの精神異常を証明するある著名な精神科医のアリの報告書が届き、その命を救うこととなった。夜には、まんじりともせず、囚われのアリは件のミリグラムをひねくり回し、磨きに精を出しては、恍惚と打ち眺め長い夜を過ごした。昼間は狭く薄暗い独房の中でミリグラムを背にうろつき回った。そのひどい躁鬱の牢獄生活も終焉を迎えた。見兼ねた監視看護のアリが三度にわたり独房の取替えを要請し、独房は変わるたびに広くなり、アリの躁鬱はそれに合わせて酷くなった。アリの異様な懊悩の様を一目見ようと、その数を増す物見高いアリたちに対し、アリは一向気に掛ける様子を見せなかった。食を断ち、新聞記者の取材を断わり、完全に沈黙した。

ついに司法の高官アリたちが発狂したアリを最終的にサナトリウムに移すこととした。しかし役所の決定は常に緩慢の謗りを免れない。

ある日の明け方、看守のアリは独房が静まり返り、異様な輝きに満ちていることに気づいた。あのすばらしいミリグラムが、その内側からの光できらきらとダイヤモンドのように、床で輝いていた。その傍であの英雄アリが脚を上に向け、消耗し透き通った姿で横たわっていた。

アリの死とミリグラムのすばらしい霊力のニュースが洪水のように全ての地下道に流れた。急ごしらえの霊安室となった独房には弔問に訪れるアリたちの列ができた。アリたちは悲嘆にくれ、床に倒れ伏した。ミリグラムを見て眩んだその目からは涙があふれ出て、葬儀委員会は排水の問題を抱え込んだ。献花が十分でないとして、アリたちは保管庫を襲い、略奪した食物でピラミッドのようにその亡骸を覆った。

賞賛と誇りと懊悩が入り混じってアリの巣ではなんとも評しがたい日々が過ぎていった。踊りと宴の続く豪華な葬儀が営まれた。急遽、ミリグラムのための霊廟の建設が始められ、誤解のうちに殺されたアリが祀られる栄誉に浴した。高官のアリたちは無能呼ばわりされ解任された。

しばらくして長老のアリたちによる評議会がようやく機能しだし、長引く狂乱の葬礼に終止符が打たれた。数知れぬ銃殺刑の執行で、生活は正常な流れに戻った。極めて慧眼な古老のアリたちは、そのミリグラム崇拝の流れをより堅固な公式宗教の形へと誘導した。警備隊とミサの司祭アリたちが任命された。霊廟の回りに高層ビル群が出現し、厳しい階級制を伴った巨大な官僚組織がそれらを占拠しはじめた。繁栄していたアリの巣の収容人員に深刻な影響が出た。

とくに最悪だったのは地表から一掃された無法が地下で息を吹き返したことであった。一見アリの巣は労働と信仰に勤しむ平穏でコンパクトな生活の場と思われていたが、内実は多数を占める公務のアリたちが瑣末な仕事に一段と精を出す日々を送っていたのである。最初にその忌まわしい考えを抱いたのがどのアリであったのかは定かでない。恐らく多くのアリが誘惑に駆られて一斉に思いついたのであろう。

とにかく、罰当たりなことに、最初に発見したアリの身分の低かったことに気づいた野心的で無分別なアリたちがいた。今は亡き聖なるアリに捧げられた全ての栄誉は現在のアリたちにも与えられてしかるべきと考えたのである。彼らは不審な行動を取りはじめた。ぶらぶらと憂鬱そうにして、わざと道からそれて手ぶらで巣に戻るようになった。傲慢な態度を顕わにして検査官のアリたちに食ってかかり、頻繁に仮病を使っては、直ぐにでもアッと言わせるような発見をして見せると言った。そしてまさに気のふれた一匹が思いがけずもある日その貧弱な背中に素晴らしいものを一個担いで戻ってくるのを当局は避けることができなかった。

徒党を組んだアリたちは秘かに、言うなれば、自分勝手に行動した。もし世論調査が可能であったならば、五十パーセントのアリたちがちっぽけな穀物や傷みやすい野菜を無視してミリグラムのような腐敗しないものへと眼を向けているとの結論を出したであろう。

ある日のこと、事は起こるべくして起きた。まるで示し合わせたかのように、ごく普通と思われた、平凡で月並みな六匹のアリが、それぞれ奇妙な代物を持ってアリの巣に戻ってくると、待ちかねた皆の前で、それらをすばらしいミリグラムだと言い張った。当然ながら、彼らは期待していた栄誉を得られなかったが、その日から全ての労役を免除された。内密に儀式が執り行われ、彼らに終身年金の受給権が与えられた。

六個のミリグラムについては、何ら具体的な沙汰はなかった。以前の不手際を思い出した当局が法的処置を講ずることをまったく断念したからである。長老のアリたちは評議会から手を引き、大幅な判断の自由を一般のアリたちに与えた。そのミリグラムと称されるものが簡素な会場のショーケースで一般公開されると、全てのアリたちが各々の知識と理解にまかせて意見を述べた。

この当局の弱腰に加え、批判されてしかるべきその沈黙が、アリの巣の崩壊を早めた。それ以降、仕事に疲れたか、怠け心に誘われたか、全てのアリが、その立派な大望を、労役義務の免除と終身年金獲得という目標へと低下させた。かくしてアリの巣はまがい物のミリグラムで一杯になりだした。

何匹かの年老いた良識アリが、秤《はかり》の使用や新らたに持ち込まれるミリグラムに対してオリジナルとの綿密な照合を課すなどの予防策を提案したが、だれも相手にするものはなかった。議会で討議されることすらなかったその提案は、公然と大声で個人的な意見を述べる一匹の青ざめたやせっぽちのアリの言葉で止めを刺された。その無礼なアリによれば、有名なミリグラムのオリジナルは、それがたとえどんなにすばらしくとも、品質に関してなんら前例となる理由にはならない。そのすばらしさが新規に発見されるミリグラムに対する必須条件として課せられるべきではないと。

アリたちに残っていたわずかな思慮分別が瞬時にして失われた。それ以降、当局はミリグラムの名目でアリの巣が毎日受け入れる物《ブツ》の割当を減らすことも制限することも出来なくなった。いかなる拒否権も否定され、個々のアリに各自の義務を遂行させることも出来なくなった。全員がミリグラムを追い求め、働きアリとしての身分を回避しようとした。

この類《たぐい》の物品の保管でアリの巣の三分の二が占められるに到った。高価な有名品を含む私的収集物を除外してである。平凡で月並みなミリグラムの場合は、その値段が大幅に下がり、大量に入荷する日には二束三文で入手できるようになった。時折アリの巣にこれはと思う良品の届くこともないわけではなかったが、しかしそれらは最低のガラクタ品の運命を辿った。愛好家の多くが最低品質のミリグラムの価値を引き上げることに腐心するあまり、全体の混乱をいっそう深める結果となった。

本物のミリグラムが見つからず自棄《やけ》を起こした多くのアリたちが、まったくのごみ同然のものを持ち込んでいた。このため地下道は衛生上の理由から全て閉鎖された。一匹のとっぴなアリの行動が次の日には何千もの模倣を生んだ。最大限の努力を払い、持てる常識の全てを駆使して、評議会の古老アリたちは自らに権限があると称し、統治している振りを続けた。

官僚や宗教の責任者たちは、自分たちの恵まれた状況に満足せず、寺院や役所を捨てて、俸禄や栄誉を高めようと、ミリグラムを探しはじめた。警察は事実上存在しなくなり騒乱や革命が日常茶飯事となった。運よくお値打ちのミリグラムを持ち帰ってくるアリたちから、それらを奪おうといくつものプロの集団強盗アリが巣の近辺で待ち構えていた。腹を立てた収集家のアリたちがライバルを訴え、家宅捜索や徴発の仕返しをしようと、長い裁判を起こした。地下道内での口論はいとも簡単に喧嘩となり、喧嘩は殺害にまで発展した。死亡率は恐るべき数字に達した。出生アリ数は憂慮に耐えぬほど低下し、幼虫アリは充分な治療も受けられぬまま何百匹も死亡した。

本物のミリグラムを保管している霊廟は忘却の墓所と化した。極めて低俗な発見物の議論に熱中するアリたちはそこを訪れようともしなかった。時として、落ちこぼれの敬虔なアリが廃墟と化し放置されている様《さま》を当局に訴えた。その結果おざなりの清掃が行われた。半ダースほどの非礼な掃除アリがちょこちょこっと掃いて、老いぼれの古老アリが長々と御託を並べると、全くのクズ同然の代物で作ったみすぼらしい供物でアリの墓を被った。

掃き溜めのなかに葬られながら、すばらしいミリグラムは人知れず光彩を放っていた。冒涜の輩の手により盗み出されたとの由々しきニュースさえ流された。悪質な模造品が本物のミリグラムとすり替えられている、本物はすでにミリグラムの商売で財を成したある悪徳アリの収集するところとなってしまったなどと。根拠のないうわさに次ぐうわさに、心配するものも動揺するものもなかった。うわさを終わらすための調査をするものもなかった。そして評議会の古老のアリたちは日々病み衰え、迫り来る大災害を前に手を拱くばかりだった。

冬が近づき、準備のないアリたちの錯乱状態に待ったをかけたのは死の脅威であった。食糧危機を前に、当局は裕福なアリたちの棲む隣のコミュニティに大量のミリグラムを売却することにした。彼らにできたことといえば一握りの穀物と野菜のために数少ない真に価値のあるものを手放すことであった。そしてミリグラムのオリジナルとの交換なら、ひと冬に十分な食料を与えようとの申し入れがなされた。

破綻に瀕したアリの巣はあたかも救命板のようにそのミリグラムにすがりついた。果てしない会議と議論の末、飢餓が生き残りのアリの数を減《へ》らし、豊かな隣のアリが有利となったとき、この隣のアリたちはすばらしいオリジナルの持ち主たちにその巣の扉を開いたのであった。彼らは全ての労役を免除し、命果てる日まで食物を供給する義務を負う契約を交わした。最後の居候アリの死を待って、ミリグラムのオリジナルが買い手に渡ることになる。

ほどなくしてこの新しいアリの巣で何が起こったのか、言う必要があるだろうか。居候のアリたちが新たな巣に彼らの伝染性偶像崇拝熱の菌を撒き散らしたのである。

目下のところアリたちは至るところで危機に直面している。もともと実用的で効率のよい自らの習慣を忘れて、随所で狂ったようにミリグラムを探している。巣の外で食事をするようになり、いかがわしい見かけの良いものばかりを集めている。ほどなく、彼らが動物種としては消滅し、そのいくつかの古き美徳の思い出が、二、三の虚しい寓話の中に収められて、後に残されるだけであろう。

獣人

ロベルト・アルルト

早川明子 訳

ロベルト・アルルト（Roberto Arlt 1900~1942）

アルゼンチンの作家。「獣人」（Los hombres fieras）は一九三五年に出版された『ゴリラの飼育者』（*El criador de gorilas*）の中の一編である。モロッコ滞在中、その地の自然に触れて感じた幻想が生んだ作品であり、ラテンアメリカ文学の中でも最もユニークな作品の一つ。幻想的、社会的、前衛的、表現主義的、悲劇的、あらゆる要素が混在する。

黒人司祭はバンガローの手すりの竹の横木に足を掛け、モンロビア通りを横切って飼育小屋へ向かう一頭の象を眺めていたが、ニューヨークのハーレムから象牙海岸《コートジボアール》へ赴任したばかりのアメリカ黒人の若いデニス判事に話しかけた。

「リベリアのカトリック教会の司祭の身としては、トゥル少年を絞首刑にしないようにと、あなたに忠告しなければならなかったのです。しかし、その人食いの子どもの救済をあえてお願いする前に、何年か前私たちのところにいた一人の判事の身に起こったことを話しましょう。トライテリング博士のことです」

司祭は心の奥底でつぶやいた。

《トライテリング博士はあなたのようなアメリカ人だった。そう、教会のミサに際立って熱心に通うというわけではないが清廉な人だった。しかし、彼は原始的な同胞たちの多くの野蛮な習慣を排除しようと努めた。そして共和国の大統領と私だけが彼の死の謎を知っている。今あなたはそれを知ることになる》

デニス博士は恭しく頭を下げた。彼は判事のキャリアを築きつつある黒人だった。司祭はパイプに火をつけ、判事のコップに透明なヤシ焼酎を注ぎ、続けた。

「トライテリング氏はフロリダ生まれで、あなたのように、ここリベリアに来ました。大手タイヤメーカーの強力な推薦で任命されたのです。私たちはどんな形でもこの国の運命を左右するために外国生まれの黒人を任命することは誤りだとみなしてきました、しかしゴムの暴落がすべてを変えてしまったのです……」

黒人博士は愛想笑いを浮かべ、顔をしかめてコップのヤシ焼酎を飲み下した。司祭は続けた。

「この国で外国人である黒人は、密林や土地の風土に合わないと私はかねがね主張してきました。思わぬ時に、哀れな未開人たちの動物的な魂を狙って、悪魔がいつも私たち皆の中に仕掛けた途方もない神秘の歯車に捕らわれてしまうのです」

デニス博士がチョコレート色の顔にまた取ってつけたような愛想笑いを浮かべると、司祭はヤシ焼酎をもう一杯勧めながら、話を続けた。

「かれこれ七年前のこと、多くの失踪事件が起こりました。当然ながら、それは犯罪にからむものだと私たちは推測しました。子どもや娘たち、時には屈強な男たちまで、小屋から出て行ったきり戻らなかったのです。クルスの住民はおびえはじめました。日暮れになると小屋の前で女たちは家族が消えてしまったのではないかと心配しながら、人気のない道を落ち着かなげに見つめていたのです。捜査が始まり、賞金が懸けられ、ついに一人のマンディンガ人の奴隷がマンバ原野よりずっと先の森での祭りに招かれたことを明かしました。警官隊が派遣され、ある夜四十人の男からなる一団を捕らえました。男たちは生贄にされようとしていた一人のデ族の娘の周囲を踊っていたのです。犯人たちの何人かは大きな耳をした木の仮面を被り、他の男たちは猛獣の毛皮で顔を覆っていたということです。人食いの風習に馴染んだグバリン族の男たちの中に、一人のクエシの子どもがいました。長い腕と短い脚、小さなゴリラのようでした。皆が『人間をたくさん生きたまま食べた』と罪を告白しました。そして、一人の例外もなく、獣に変身してしまって、罪を犯してしまったのだと主張したのです……」

「集団的暗示」と黒人博士はつぶやいた。司祭は敵意のある眼差しを学者ぶった相手に向け、デニス博士は自分の唯物論的学識を誤魔化すほうがいいと納得して、不躾な言動を詫びるために話を戻した。

「その子どもの告白は大人たちの話と一致したのですか」

「ええ。森の中で大人たちと踊っていると、踊るにつれてハイエナに変身していくのを感じたと、そのガンという名の子どもは申し立てました。トライテリングはそれら四十人の罪人に絞首刑を宣告しました。刑は執行され四十人の人食いはモンロビアへ続く街道の木の枝に吊るされたのです。ただ一人少年ガンだけがあまりに幼いという理由で死刑を免れました、十二才でした」


トライテリング判事がためらいを見せたので、私は彼に賛成した。十二才の子どもを絞首刑にすることはあり得ない。しかしトライテリングは個人的にその件に関心を持った。我国の黒人の風習について本を書こうと思っていたので、彼はその子どもに終身刑を宣告した。

すぐに私たちは絞首刑にされた四十人のことを忘れた。この国にはあまりに多くの仕事があり、死者に思いを巡らせる時間などない。その事件の二か月後のある日、私がこのバルコニーであなたのようにマーシャル氏の象を眺めていた時、突然トライテリング博士が現れた。

すでに話したと思うが、判事は背が高く頑健、目がとび出ていてがっしりした四肢を持った男だった。しかしその時の彼の皮膚は、ひどくブカブカの服が曲がった骨組みのハンガーにかかっているような有様だった。悲しげに私を見て、まるで胸を病んだゴリラのように、言った。

「神父様、重大なことを話したい」

デニス博士、言っておくが、トライテリング判事は信心深い人ではなかった、むしろ反対だった。しかし私は重要な話だと気づき、マーシャル氏の象のことを頭から追い払い、今あなたが座っているところに判事を座らせ、焼酎を一杯勧め無言で彼の打ち明け話を待った。

トライテリングは長いため息をついたが、黙ったままだった。私は口を開かず、また象の足のまわりで遊ぶマーシャル氏の子どもたちに目をやった。トライテリング判事は、もう一度ため息をつき、ついに私に言った。

「神父様、四十人の絞首刑になった男たちを覚えているだろうか」

正直言って覚えていなかったので、すこし困惑を感じて答えた。

「どうしたのだ、生き返りでもしたか」

トライテリングは弱々しく笑った。

「生き返ったらよかったのに。覚えているだろか、神父様、子どもを赦免するように私に忠告したことを」

実際に小さなガンを赦免するようにと彼に忠告したことを私は否定できなかった。

「そうだった、その孤児はどうなった」

「昨日私が殺してしまった、神父様」

私はびっくりしてトライテリング判事を見つめていた。その子を殺したって！

「なぜそんなことをしたのか」ついに彼に質問した、「なぜ彼を殺したのか」

「あぁ、神父様、神父様」トライテリング判事は幼児のように泣きじゃくりはじめた。「あなたはあの子がとんでもない怪物だったなんて想像できないだろう。もし他の連中と一緒に絞首刑にしていたら、私がここにいることはなかった。こんなことになるなんて」

大の男が激しく泣くのを見て、私の胸は張り裂けそうになった。彼を慰めようと、彼に焼酎を一杯勧めた（ここで神父は自分にも一杯注いで、ついでにデニス博士のコップも満たした）。

「何が起こったのか」私は彼に尋ねた。

やっとトライテリング判事は自分の不幸を語りはじめた。

悪魔の存在を疑う人がいるのは困ったものだ！　不運な男が語ったことの顚末はこうだった。

「マンバ原野の人食い四十人を絞首刑にした一か月後、少年ガンが牢に閉じ込められたままでいることを思い出した。すこし時間があったので、その子が語るハイエナに変身するのを感じたプロセスを記録に取ることにした。ある午後彼を私の事務室に連れてこさせた。一人の兵士がその子を私に引き渡し、私は事務室で彼と二人きりになった。

『命拾いして満足か』クルスの訛りで彼に言った。

人食い少年は一言も発しなかった。

『一切れの人の肉が欲しくはないか』彼に尋ねた。

ガンは黙り続け、私は執拗に言った。

『ハイエナにどう変身したのか話してくれたら、マンディンガ人の肉と（マンディンガはクエシの大敵である）酒を一瓶やる』

ガンは黙っていた。私をじっと見つめたままでいた。彼が私を見つめれば見つめるほど、私は彼に親近感を覚えた。私たちの間に秘密の友情の絆が育まれていった。おそらく私の血管にも黒いクエシの血が流れている、と私は思った。そこで私は立ち上がりガンに近づき頭を撫でようとしたが、ガンは素早く後ずさりし、上唇を縮めながら噛みつこうとする猛獣のように私に向かって歯をむいた。あぁ、神父様！　その時私に何が起こったのか分からない。その獣めいた身振りにすこしも不快感を感じなかったどころか、私も笑い唇をすぼめて、その人食い少年に歯をむいて見せたことだけはっきり覚えている。するとガンは床に両手をつけ、機敏に四つ足で歩きはじめ、脇腹を私のふくらはぎにこすりつけた。私はぞくっとする驚きを感じ扉へ走り鍵を掛け、床に両手をつけ、同じく獣のように歩きはじめた。その子がうなり声をあげると私も真似し、私たちは戦うべきか否かと決めかねている二匹の猛獣のようだった。

「まさかそんなことが」私は驚いて遮った。

「あぁ、神父様！　本当だ！　その時、私の人間としての尊厳が剥ぎ取られていくことに目眩がするほどの喜びを感じたことだけ覚えている。その上噛みつきたいという衝動があまりに激しく、結局はガンをズタズタに引き裂くことになるだろうと思った。彼は追い詰められたハイエナのように低い声でうなっていた。その時誰かがドアを叩いた。ガンは相変わらず四つんばいになって走り、事務机の後ろに隠れた。私は少年を連れて来た兵士を追い払った。本当はあの時、一つの目的だけが私を突き動かしていた。兵士が遠ざかってから私はガンに言った。

『今夜森へ行こう』

ガンはうなずいた。

私はその子を閉じ込めたまま、鍵をポケットに放り込み出かけた。焦燥感で体がほてっていた。桟橋まで歩き、湖のほとりを通りすぎた。水と船の光景が私を鎮めてくれると期待したが、かえって港の文明社会の光景は反発心を起こさせた。密林に戻り、一匹の獣に変わりたいと焼けつく思いがした。クルスタウンの町の最後の明かりが消えると事務室に入り、ガンの片腕を取り車に乗せた。スピードを上げクルス人の墓地とゴム林を越えて行った。ついに森の空き地に到着し、つる草のカーテンの下に車を隠しガンに言った。

『ハイエナになれ』

満月が道を照らしていた。ガンは地面に両手をつき、私も彼を真似た。この遊びを始めて直ぐに私たちは唸りはじめ、木の幹で爪を研ぎ、疲れると埃っぽい道に身を投げた。確かにその時はしっぽがあると感じた。私たちは黙っていた。誰かが来るのを待っていることは互いに分かり合っていた。ただそれだけ。しかしその誰かは来なかった。夜も更け密林は無数の音で満ちたが、誰も来ない。突然一人の男の口笛が聞こえ、人影が道で動いた。男が私たちのそばに来た時ガンが飛びかかり、地面に引き倒し、ひと噛みで喉を引き裂いた。わけの分からない目まぐるしい光景だった……。

神父様、その後に私たちがしたことをお話ししますが、どうかご勘弁ください。私は自分が虎だと感じていた。夜明けに人間の意識に戻り血に染まった己の肉体に驚いた。ガンは落ち葉に埋まってつぶれた顔で、寝穢《いぎたな》く眠り込んでいた。

ガンを起こし、小川で体を洗いモンロビアに戻った。人食い少年を牢に戻した。私はその経験にぞっとしていた、二度とこんな目に会いたくないと思っていた。しかし二、三日経つと激しいどうにもならない誘惑が起こり、ガンを牢から連れて来させ夜を待った。そして彼と共に再び森へ戻った。

その時から私の人生は地獄だった。犯した罪に対する自責の念。ついに私は決心した。昨日、ガンを連れて森へ行き、そこで一発で彼を殺した。そして今私はここで、神父様、告白し罪のゆるしを願っている。私は自殺するしかない。この正気のひと時に乗じて私自身をこの世から消すつもりだ。餌食を求めて森へと私を駆り立てる恐ろしい誘惑が戻って来る前に……」

黒人司祭は黙した。

デニスは彼を見続けていた。そしてぽつりと言った。

「あなたは何をなさったのですか。神父様」

「私はトライテリング判事が自殺したいと思うのは無理もないと思いました。彼は己の中にある人間を破壊したかったのではなく、彼の中で目覚めた獣を根絶したかったのです。彼の告解を聴き、ゆるしを与え立ち去らせました。何時間か経って港で働く少年がトライテリング判事の溺死の報せを持って来ました」

二人の男は黙した。マーシャル氏の子どもたちは象の足のまわりで遊ぶことを止めていた。黒人司祭はヤシ焼酎の五杯目を飲み、新任の判事に言った。

「私は、あなたが裁かねばならない人食いの子どもを死刑にしろとは言い難い、しかしこの話は、あなたが自分を戒めるよすがとなるでしょう」

アナクレト・モロネス

フアン・ルルフォ

辻みさと訳

フアン・ルルフォ (Juan Rulfo 1918~1986)

メキシコの作家。最も重要な作家の一人。ガルシア・マルケスに深い影響を与えた。

「アナクレト・モロネス」(Anacleto Morones) は一九五三年に出版された唯一の短編集『燃える平原』(*El llano en llamas*) の中の一編で、キリスト教的、異教的要素が入り混り、半ば幻想的、マジックリアリズムの世界観を持つ。

婆ァたち、悪魔の娘ども！　せいぞろいしてやって来るのが見える。黒ずくめで、日盛りの下のラバのように汗まみれで。遠くから見るとまるで埃を立てる牛馬の群だ。その顔は埃にまみれてそろって真っ黒。祈りながら歌い、暑さにめげず歌い、顔からしたたり落ちる大粒の汗でどす黒くなったダブダブの黒い肩衣を着て、アムラからの道をやって来る。

やつらが着いたのを見ておれは身を隠す。誰を捜しまわっているのかは分かっている。だからおれはズボンを手に持って、走っていって裏庭の奥に急いで隠れた。

だがやつらは入って来ておれに出くわした。「おや、まあ！」と言って。

おれは石の上にうずくまり、ズボンを下げたまま何もせずそこに座っていた。それを見ればまさか近寄ってこないだろう。だが「おや、まあ！」とだけ言い、さらに近づいてきた。

厚かましい婆ァたち！　恥を知れ！　十字を切り、おれのそばに近寄って来た。皆いっしょにぴったりくっつき束になり、ほとばしる汗で霧雨に濡れたかのように顔には髪が張りついている。

「あんたに会いに来たのさ。ルカス・ルカテロ。アムラからあんたに会うためだけに来たんだよ。この近くであんたは家にいると聞いたけれど、奥まった所でこんな格好をしているなんて思いもよらなかったよ。雌鶏に餌をやっていると思って入ってきたんだ。あんたに会いに来たのさ」

この婆ァたちときたら！　老いさらばえてロバの腫れ物のように醜い！

「どうしてほしいんだ。言ってくれ！」とおれは言った。ズボンにベルトを通すあいだ、やつらは見ないように目を覆う。

「頼みがあって来たのさ。あんたのことをサント・サンティアゴとサンタ・イネスで捜したけど、もうそこには住んでない、この農場に引っ越したと聞いてここまでやって来たんだ。あたしたちはアムラの者さ」

やつらがどこの者か、誰なのかはとっくに分かっていた。名前なんか空で言えるくらいだ。だが知らない振りをした。

「そうだとも、ルカス・ルカテロ、とうとうあんたを見つけたよ、神様のおかげでね」

おれは彼女たちを廊下に誘いこみ、座らせようと椅子を取り出した。腹は減っていないか、喉をうるおす水の一杯もいらないか、とたずねた。

連中は肩衣で汗を拭い座りこんだ。

「いらないよ。面倒をかけに来たんじゃない」と彼女たちは言った。「頼みがあって来たんだ。あたしを知ってるよね、ルカス・ルカテロ」一人がきいた。

「なんとなくね。どこかで会ったね。ひょっとしてオモボノ・ラモスにさらわれたパンチャ・フレゴソじゃないかね」

「そうだよ。でも誰にもさらわれてなんかいない。それはまったく根も葉もないことだよ。ふたりでウチワサボテンの実を探しに行って迷ったのさ。あたしは信心深い女だしそんなこと決して許されないわ」

「そんなことって何さ、パンチャ」

「ああ、なんて意地悪なの、ルカス。いぜんとして口がわるいんだね。でもあたしを知ってるなら何を伝えにやって来たか分かってほしいね」

「水でも一杯飲まないか」と再びきいた。

「おかまいなく。でもそんなに言われては断れないね」

アラヤン〔ギンバイ花〕の水を持ってきてやると、彼女たちは飲んだ。もう一杯持ってくるとそれも飲みほした。そこで川の水の入った瓶《かめ》を近づけてやり、そこにしばらく置いたままにした。彼女らが言うには消化しはじめるときにひどく喉が渇くのだそうだ。

十人の女は泥で汚れた黒い服を着て一列に座っていた。ポンシアノや、エミリアノ、クレセンシアノ、居酒屋のトリビオ、床屋のアナスタシオらの娘たちだ。

ろくでなしの婆ァたち！　一人としてまともじゃない。みな五十がらみで乾いてしわくちゃな千成ほおずきのようにしなびている。選びようもない。

「で、ここで何を探しているんだい」

「あんたに会いに来たのさ」

「もう会っているじゃないか。おれは元気だよ。おれのことは心配しないでくれ」

「あんたはずいぶん遠くまで来てこの辺りに隠れていた。住所不定、あんたの消息を知る者もなく、調べまくって見つけるのに苦労したよ」

「おれは隠れちゃいないさ。ここで誰にもわずらわされないで気楽に生きているのさ。で、どんな用事で来たか教えてもらえるかね」ときいた。

「まさにそのことさ、でもあたしたちの食べ物のことは心配しないでね。もうトルカシタの店で食べてきた。そこでみんなですませたから。さあ、あたしたちの前に座って、まともに話を聞いてよ」

おれは平静でいられなかった。また裏庭に行きたくなった。雌鶏がコッコッと鳴くのが聞こえたので、ウサギに喰われる前に卵を集めに行きたかった。

「卵をとりに行くぜ」とおれは言った。

「本当に食べて来たの。おかまいなく」

「ウサギを二匹放してあるので卵を喰われちまう。すぐ戻るよ」

そして、裏庭へ行った。

戻らないつもりだった。ずらりと並んだいまいましい婆ァどもをすっぽかして、丘に面した扉から出て行く。

片隅に押しやられた石の山をちらっと見ると、墓の形に見えた。そこでその石をそこら中に投げて、ここかしこにまき散らしはじめた。川の石は丸かったので遠くに投げ捨てることができた。くそったれの婆ァども！　おれに余計なことをさせやがって。どうして彼女たちが来る気になったのか分からない。

おれは作業をやめて戻った。

連中に卵をやった。

「ウサギを殺したのかい、石を投げているのを見たよ。卵はとりあえずしまっとくよ。気を遣ってくれなくてもよかったのに」

「懐の中じゃ卵が孵《かえ》ってしまうぞ。外に置いといた方がいい」

「ああ、あんたって、なんていう人なの、ルカス・ルカテロ。あいかわらず減らず口をたたくのね。それにあたしたちの体はそんなに熱くはないよ」

「どうだかな。でも、ここじゃ外は暑いからな」

おれのやりたかったのは話を引きのばすことだった。家から追い出して戻って来る気にさせない方法を見つけて、別の方向に向かわせたかった。でも何も思いつかなかった。

アナクレト・モロネスが消えた直後の一月からおれを捜し回っているのは分かっていた。アムラの信徒団の婆さんたちがおれの後を追っているのを知らせてくれる者がなかったわけではない。アナクレト・モロネスに何らかの興味を持つとしたら彼女たちだけだった。で、いまここにやって来たのだ。

夜になるまでおしゃべりを続けさせお茶を濁しておけば、出て行かなくてはならなくなるだろう。おれの家で一夜をすごすほど大胆ではないだろう。

というのも、そのことについて短いやりとりがあったからだ。ポンシアノの娘が、アムラに早く戻るために問題をさっさと片付けたいと言った。それは、心配しなくてもいい、地べたでよかったら全員に寝ゴザを敷く場所があるとおれが知らせた時だった。皆口々にこう言った。「もちろんだめよ。あんたの家であんたといっしょに一夜を過ごしたら何と言われるか分からないわ」

さて問題は、おしゃべりを夜になるまで長引かせ、やつらの頭にうごめく考えを捨てさせることだった。彼女たちの一人にたずねた。

「亭主はなんと言っているんだい」

「亭主なんていないよ、ルカス。あんたの恋人だったのを覚えてないのかい。あんたを待って待って待ち続けたんだ。そしてあんたが結婚したのを知ったのさ。いまとなっては誰も相手にしてくれないわ」

「で、おれがどうしたって言うんだ、実は他にも色々厄介なことがあっててこずっていたのさ。でもまだ間に合うよ」

「でもあんたは結婚してるでしょう。ルカス、他でもない聖なるアナクレトさまの娘と。何のためにまた私の心をかき乱すのよ。もうあんたを忘れてさえいるのに」

「でもおれは違う。お前、何て名前だっけ」

「ニエベスよ。あたしはずっとニエベスと呼ばれてるわ。ニエベス・ガルシア。もうあたしを泣かせないで、ルカス・ルカテロ。あんたの甘い約束を思いだすだけで腹が立つね」

「ニエベス……　ニエベス。どうしてお前を忘れられようか。忘れられるはずはないさ。その柔肌。覚えてるともさ。いまでもこの腕の中に感じるよ。すべすべして。柔らかくて。デートの時着ていたお前の服は樟脳の匂いがした。長い間おれと一緒に暮らしていた。あまりぴったり肌を合わせたので、おれの骨に溶けこんだみたいだった。覚えているともさ」

「変なこと言わないでよ、ルカス。昨日、告解をしたのに、悪い考えを呼び覚ましてその上罪をあたしのせいにするなんて」

「お前のひざの裏に口づけしたのを覚えている。お前はそこはくすぐったいからだめと言った。まだひざの裏にくぼみはあるかい」

「そのへんでやめておいて。ルカス・ルカテロ。神様はあんたがあたしにしたことをお許しにならないわ。高くつくわよ」

「何かお前に悪いことをしたかね、ひょっとしてひどいことでも」

「あれを始末しなくてはならなかった。それにこんなことを、いま、人前で言わせないでおくれ。でもいっとくけど片付けてしまわなきゃならなかったんだ。まるで干し肉の切れっぱしみたいだった。子どもの父親がペテン師なのに何でその子を欲しいと思うのよ」と切り返した。

「そうだったのか、知らなかったよ。もう少しアラヤンの水はいらないかね。すぐ作ってくるよ。

ちょっと待っててくれ」

アラヤンを切りにまた裏庭に行った。そのうちあの女の機嫌もおさまるだろうと、できるだけぐずぐずしていた。

戻ってみると、彼女はもういなかった。

「帰っちまったのかい」

「そうだよ、あんたが泣かせたからさ」

「ちょっと暇つぶしに喋りたかっただけさ。雨がなかなか降らないのに気づいたかい。アムラではもう降っただろうね」

「そう、おとといは土砂降りだった」

「間違いなくあそこはいい所だ。雨はよく降るし暮らしやすい。ここでは雲ひとつありゃしない。ロガシアノはまだ市長かね」

「そう、まだね」

「ロガシアノはいいやつだ」

「とんでもない、ろくでなしよ」

「そうかもしれん。エデルミロのことを話してくれ。まだ薬屋は閉めたままなのかね」

「エデルミロは死んじまったよ。死んで正解さ。悪口を言うのはよくないけれど、あいつもまたろくでなしよ。アナクレトさまに汚名をきせた一人だもの。彼を迷信家、魔術師、詐欺師として告発したの。そこら中で言いふらしていたわ。でも人々は気にもとめず、神様が彼を罰したのよ。彼は鳥みたいにギャーギャーわめいて悶え死んだよ」

「地獄に落ちるように神様にお願いしよう」

「悪魔がせっせと薪をくべますように」

「エデルミロの味方をしてアナクレトさまを牢に送った判事のリリオ・ロペスも同じ目にあわせて下さいますように」

いまやしゃべっているのは彼女たちだった。おれはやつらに心ゆくまで話をさせた。おれにちょっかいを出さない限りすべてはうまくいくだろう。しかし突然おれに向かってこう切りだした。

「あたしたちと一緒に来てくれるかい」

「どこへ」

「アムラへ。そのために来たんだよ。あんたを連れにね」

一瞬おれは裏庭に戻りたくなった。丘に面した扉から出て姿を消すのだ。

いまいましい婆ァたち！

「アムラへ行って何をしろっていうんだい」

「あたしたちの頼みをきいていっしょに来てほしいんだよ。アナクレトさまを崇める者たちがあの方を聖人に列せられるように九日間の祈りをすることになったんだ。あんたは娘婿だから証人として必要なのさ。その奇跡で有名になる前から身近にいて、あの方を知っている人を連れて来るように司祭様があたしたちにお頼みになったの。あの方のそばで過ごし、慈善の行いを立証するのにふさわしい人はあんたしかいない。だからあんたにこの宣伝活動に参加してもらう必要があるのさ」

呆れた婆さんたちだ。こんなことなら追い帰すために前もって言っておくべきだった。

「行けないよ」とおれは言った。「家をみてくれる者がいないんだ」

「そのために女の子をふたり残すように手はうってある。それに奥さんもいるし」

「もう女房はいないよ」

「じゃあ、あの人はどうしたの、アナクレトさまの娘さんは」

「出ていっちまった。追い出したんだ」

「まさかそんなことが、ルカス・ルカテロ。かわいそうなあの娘は苦しんでるに違いないよ。あんなにいい子で若くてかわいかったのに。どこにやってしまったんだい、ルカス。せめてアレペンテイダス〔「悔い改めた女たち」の意〕の修道院に入れたのなら諦めるけれど」

「どこにも入れてないよ。追い出したんだ。アレペンテイダスにいないのは確かだ。あいつはバカ騒ぎや悪ふざけが好きだったから、男どものズボンを脱がす方向にいったさ」

「信じられない、ルカス、これっぽっちも信じられないわ。多分ここに、この家のどこかの部屋に閉じ込こもってお祈りをしているんでしょうよ。あんたはいつも嘘つきででっち上げ屋だったわ。エルメリンドのかわいそうな娘たちを覚えてるかい。ルカス、あんたが噂話をでっち上げたばかりに、あの娘たちが街に現れるたびに人々が〝グイロータの娘〟〔売春婦について歌った歌〕を歌うのでエル・グルジョ村〔メキシコ合衆国ハリスコ州にある村〕に行かなくちゃならなかった。あんたの言うことなんて何も信じられないよ、ルカス・ルカテロ」

「じゃあおれがアムラに行くのは余計なことじゃないか」

「あんたはまず告解をすればそれで話は済むよ。いつから告解をしていないのさ」

「ウーン！　かれこれ十五年前からかな。クリステロ〔反革命カトリック〕がおれを銃殺しようとしたときからだ。背中にカービン銃を押しつけられ、司祭の前にひざまずかされた。で、おれはやってないことまでしゃべった。そのときおれは先の分まで告解を済ませたのさ」

「もしあんたがアナクレトさまの婿でなかったら決してあんたを探しに来ないし、何も頼みやしないさ。いつだってあんたは悪党だったよ、ルカス・ルカテロ」

「おれがアナクレト・モロネスの助手だったのには理由がある。やつこそまさに生ける悪魔さ」

「冒涜しないでよ」

「あんたたちはやつのことを知らないからな」

「聖人として知っています」

「でも偽聖人としてじゃないのか」

「何てことを言うの、ルカス」

「あんたたちの知らないこと。だがやつは昔聖像を売ってたんだ。祭りのときに。教会の前で。おれはやつのために荷を担いだ。村から村へと行ったものさ。聖パンタレオン、聖アムブロシオ、聖パスクワルの九日間の祈りを唱えながら、やつが前、おれは後ろで少なくとも三アロバ〔約三十五キログラム〕は担いだろうよ」

「ある日巡礼団と出会ったのさ。アナクレトはアリ塚の上にひざまずいて、舌を噛んでいればアリに刺されないとおれに教えていたんだ。そのとき巡礼者たちが通りかかった。この様子に、興味をそそられて立ちどまり、たずねた。『どうしたらアリ塚の上でアリに刺されずにいられるのかね』

「そこで彼は両腕を広げて『十字架にかけられたキリストの、聖なる十字架のかけらの運び手として、ローマから伝言を持って着いたばかりだ』と言いはじめた。

「彼らはやつを抱え起こし、アムラまで肩に乗せて送って行った。そこでとんでもないことになった。人々は彼の前にひざまずくと奇跡を求めた。

「それが始まりだった。彼を一目見ようとするおおぜいの巡礼が彼の口車に乗せられるのを見て、おれは呆気にとられてあいた口がふさがらなかった」

「あんたは本当におしゃべりでおまけに罰当たりだね。あの人を知る前のあんたは何だったの、ただの豚追いじゃないの。それがあの方のおかげで金持ちになった。あんたの持っている物はあの方のくれたものでしょ。なのに悪く言うなんて。恩知らずめ」

「そこまでにしてくれ。おれの飢えを癒やしてくれたのはありがたいと思ってるさ。でもやつが悪魔の化身であることに変わりはない。どこにいようともずっとそうなのさ」

「あの方は天国にいらっしゃるよ。天使たちに囲まれて。そこがあの方の居場所さ。あんたには残念だろうけれど」

「やつが監獄にいることは知っていたさ」

「それは昔の話。そこから逃げ出したよ。あとも残さずに消えたのさ。今は現世の肉体と魂のままで天国にいらっしゃるのさ。そこからわたしたちに祝福を与え、こうおっしゃる。娘たちよ。ひざまずきなさい！　共に唱えよう。『主よ、悔い改めます』の祈りを。聖アナクレト様がとりなして下さるのだ」

そして婆ァどもはひざまずき、アナクレト・モロネスの肖像を縫い取りした肩衣に主の祈りを唱える度に口づけした。

午後三時だった。

隙をねらって台所に入り込み、インゲン豆のタコスをたいらげた。出てきたときには五人しか残っていなかった。

「他の連中はどうしたんだ」と尋ねた。

するとパンチャがその口ひげの中の四本の毛を動かしながら言った。

「行っちまったよ。あんたとは関わり合いたくないからって」

「そいつはよかった。ロバが少なければ餌のトウモロコシも増えるってわけさ。アラヤンの水をもう少しどうだい」

女たちの一人、「死に神」と言うあだなで呼ばれるフィロメーナは、ずっと黙りこくっていたが、植木鉢の一つに身をかがめ、指を口に突っこんで、飲みこんだアラヤンの水を全部吐き出した。チチャロン〔豚の皮の揚げもの〕のかけらとウアムチル〔マニラタマリンド〕の実が混じっていた。

「あんたのアラヤンの水なんて欲しくない。糞ったれ。あんたから何ももらいたくない」

そしておれがやった卵を椅子に置いた。

「あんたの卵なんていらないわ。帰った方がよさそうね」

いまはたった四人になった。

「あたしだって吐きたいよ」とパンチャが言った。「でも我慢するよ。なんとしてでもあんたをアムラに連れて行かなくちゃならないからね。アナクレト様が聖人である証を立てられるのはあんたしかいないから。あの方はあんたの魂を鎮めてくれるはず。もうあたしたちはあの方の肖像を教会に飾ったよ。あんたのせいで外に放りだしてしまうわけにはいかないわ」

「ほかの人をあたってくれ。おれは関わりたくない」

「あんたはあの方の息子同然だった。あの尊いお方の残された功績を受け継いだのよ。あの方は、永遠に生き続けようとあんたに目をかけたのさ。自分の娘をあんたに授けたのよ」

「そうだ。でもおれがいただいたときはもう次の命を宿していた」

「とんでもない。なんてことを言うの。ルカス・ルカテロ」

「そういうことさ。おれがいただいたときは少なくとも四か月にはなっていた」

「でも神聖な香りがしたでしょ」

「まじりけなしの悪臭だったよ。彼女の前に立ちどまる誰にでもそのでかい腹が肉でできていることをわからせるために、見せまくっていた。腹の子どもが膨れて紫色になってせり出した太鼓腹を。みんな笑ってた。面白がってた。恥知らずもいいところだ。さすがアナクレト・モロネスの娘さ」

「不信心者。あんたにそんなことを言う資格はないよ。あんたに悪魔除けのお守りをやるよ」

「……腹を見せられた男の一人と駆け落ちした。おそらく彼女を好きだったんだろう。『おれがあんたの子どもの父親になってやろうじゃないか』とだけ言ったんだ。で、そいつと行っちまった」

「アナクレトさまからの授かりものさ。娘だよ。あんたは彼女をただで手に入れた。聖人から生まれたこの富の持ち主になったのさ」

「たわごとだな！」

「なんですって」

「アナクレト・モロネスの娘の腹にはアナクレト・モロネスの子どもがいたんだ」

「もろもろの悪いことを全てあの方のせいにするためにでっち上げたんでしょ。あんたはいつも作り話をしてきた」

「へぇ、そうかい。で、ほかの女たちはどうなんだい。乙女に一晩中見守ってもらいたいと言葉たくみに誘って、この辺りに生娘は一人もいなくなった」

「清らかだからそうなさったのよ。罪で汚れないためにね。その魂を汚さないように純潔な乙女に囲まれていたかったのさ」

「おまえたちをお呼びじゃなかったからそう信じるのさ」

「わたしは呼ばれたよ」メルキアデスと呼ばれている女が言った。「わたしは枕元で一晩中あの方をお守りしたわ」

「で、どうした」

「別に。寒気を感じた時、わたしは奇跡の手に包み込まれた。で、温かいあの方の体に感謝した。ただそれだけ」

「それは君が年増だからさ。やつは若いのが好きだった。骨が砕けてピーナッツの殻のようにはじける音が大好きだったから」

「あんたはいまいましい不信心者だわ。ルカス・ルカテロ。最低よ」

今度は「みなしご」と呼ばれている泣き虫の女が話していた。みんなの中でいちばん年寄りだ。目には涙がたまり、手は震えていた。

「あたしはみなしご、あの方はあたしの孤独を癒やしてくれて、あの方の中に父や母を再び見出した。あたしの苦悩を和らげるために夜通し愛撫してくれたわ」

そして涙がこぼれ落ちた。

「別に泣くことはないだろう」と彼女に言った。

「両親が死んじゃって孤児になったの。これまでずっとひとりぼっちで誰も助けてくれなかったの。

アナクレト様のやさしい腕の中ですごした幸せな一夜。だのにあんたはあの方の悪口を言う」

「あの方は聖人だったわ」

「情け深くいい人だったよ」

「あの方の善行をあんたが引き継いでくれると思っていた。あんたは何もかも貰ったのだから」

「おれはたくさんの裏切り者の悪徳が詰まった大袋を受けついでしまった。あの気違い婆ァもだ。でもあんたたちほど婆ァじゃない。でも相当いかれていた。ありがたいことに出てっちまったがね。おれが自分で扉を開けてやったんだ」

「下司野郎！　まったくのでたらめをでっち上げて……」

　そのころにはふたりの婆さんしか残っていなかった。ほかの者たちは次々と退散した。おれに向かって十字を切り後ずさりしながら、悪魔祓いのできる司祭を連れて必ず戻って来ると誓った。

「アナクレト様が奇跡を起こしたことをあんたは否定できない。そう、もちろん否定できないわ」とアナスタシオの娘が言った。

「子どもをつくるのは奇跡ではないさ。それはやつの得意技だ」

「あたしの亭主の梅毒を治した」

「あんたに亭主がいるとは知らなかった。あんたは床屋のアナスタシオの娘じゃないのか。おれの知る限りタチョ〔アナスタシオ〕の娘は独り者だがね」

「あたしは独り身だけれど相手はいるわ。生娘と独り身とは違うのよ。知っているでしょ。あたしは生娘じゃないけれど独身よ」

「その年でそんなことをしているのかい、ミカエラ」

「やむを得ずね。生娘のままで生きて何の得があるの。あたしは女よ。女は喜びを与え合うために生まれるのよ」

「アナクレト・モロネスみたいな話し方をするね」

「そのとおり。面倒を取り除くためにそうするように勧めてくれたわ。で、ある人と一緒になった。五十にもなって男を知らないなんてもったいない話だよ」

「アナクレト・モロネスがそう言ったのだろう」

「確かにそう言ったわ。でもあたしたちは別のことで来たんだ。あんたにいっしょに来てもらってあの方が聖人であることを証明してほしいの」

「でもなぜ聖人がおれじゃないんだ」

「あんたは奇跡なんて起こしてない。あの方はあたしの亭主を治した。それは確かよ。それともあんた誰かの梅毒を治したとでも」

「いや、梅毒なんて知らない」

「壊疽《えそ》みたいなもんさ。体中紫色になりしもやけだらけになった。もう眠るどころじゃなかったよ。何もかも赤く見えて、まるで地獄の扉から覗いているようだと言っていたよ。燃えるように熱くて痛みで飛び跳ねたものさ。それでアナクレト様に会いに行き治してもらったんだ。燃えている葦《あし》で傷を焼き唾を塗るとあっというまによくなった。これが奇跡でなくて何だというんだい」

「はしかだったんじゃないか。おれも子どものときつばで治してもらったよ」

「前にも言ったね。あんたは呪われた不信心者だよ」

「アナクレト・モロネスがおれより悪党だということがせめてもの慰めさ」

「あの方はあんたを息子のように扱ったじゃないか。なのにまだそんなことを……。あんたの話しなんてこれ以上聞きたくない。もう行くよ。あんたは残るかね、パンチャ」

「あたしはもう少し残るよ。一人で最後の戦いをするさ」


「ねえ、フランシスカ〔パンチャ〕。みんな行っちまったけれどお前は残っておれと寝るんだろ」

「とんでもない。そんなことしたら人が何て思うかね。あんたを説得したいだけさ」

「じゃ、二人で説得し合おうじゃないか。とどのつまりあんたは失うものはない筈さ。もうすごい年なんだから相手になってくれる者も何かしてくれる者もいないさ」

「でも噂が広がって悪く思われるだろうね」

「好きなように思えばいい。人になんと言われようがかまわないじゃないか。それだけのことさ。ともかくお前はパンチャなんだから」

「いいわ。あんたと残るわ。夜が明けるまでよ。でもアムラへいっしょに行ったときに、一晩中あんたに頼み続けていたと言ってくれるね。でなきゃどうすればいいのさ」

「わかったよ。でもその前に口ひげの長いやつを切りな。ハサミを持って来てやるよ」

「あたしをからかうの、ルカス・ルカテロ。いつもケチをつけるんだから。ひげのことはほっといて。その方が疑われないよ」

「いいよ。好きにしな」

　日が暮れると、パンチャは雌鶏の小屋を片づけ、おれが裏庭中にばらまいた石を再び集めて、以前に置いてあった隅に片付けるのを手伝ってくれた。

そこにアナクレト・モロネスが埋められているとは勘ぐりもしないで。やつが監獄から逃げて、自分の財産を取り戻そうとここに来て、まさにその日に死んだことも知らないで。

こんなことを言いながらやつはやって来た。

「みんな売り払って金をよこせ。北へ旅立たなくちゃならないんだ。向こうから手紙を書く。また二人で仕事をしよう」

「なんでてめえの娘を連れて行かないんだ」とおれは言った。「あんたが自分のものだと言ったおれの持ち物で残っているのは娘だけだぜ。あんたの悪だくみにおれまで巻き込みやがって」

「落ち着き先を知らせるから、お前たちは後から来ればいい。あっちで清算しよう」

「きっぱりと清算しちまえばなおいいぜ。一気にすっきりするためにな」

「あまりぐずぐずしてはいられないんだ」とあいつは言った。「おれの分をよこせ。いくら貯めこんだんだ」

「そこそこだね。でもあんたにやる気はないよ。破廉恥なあんたの娘にはえらい苦労をしたからね。あいつを養っただけでよしとするんだな」

やつは怒り狂って地団太を踏み、あわてて立ち去ろうとした。

「安らかに眠ってくれ、アナクレト・モロネス！」とあいつを葬ったときにおれは言った。また、その上に積むために石を川から運んで戻る度に。「どんなにじたばたしてもここから出られやしまい」と。そしていま、パンチャは再び石の重しを載せるために手伝っている。この下にアナクレトがいることも、墓からあいつが出て来て、騒ぎ立てることを恐れておれがそうしていることも疑っていなかった。抜け目のないやつだから間違いなく、生き返ってそこから出て来るだろう。

「もっと石をよこしてくれ、パンチャ。この隅に石を積み上げるんだ。石ころだらけの裏庭は見たくないんだ」

後で彼女は言った。もう夜明けだった。

「あんたっておそまつね、ルカス・ルカテロ。ちっともかわいがってくれなかったじゃない。あたしにやさしくしてくれた人は誰だか知ってるかい」

「誰だい」

「アナクレト様よ。あの方は女の扱い方を知ってたわ」

運命は忘れられた神

ギリェルモ・メネセス

鈴木 宏吉 訳

ギリェルモ・メネセス (Guillermo Meneses 1911~1978)

ベネズエラの作家。小説、戯曲、文芸評論など幅広く活躍し、一九六七年国民文学賞を授与された。「運命は忘れられた神」(El destino es un Dios olvidado) は一九五八年パリで書かれ、一九六八年に出版された『十の短編集』(*Diez cuentos*) に収められた。メネセスは新しい革新的テーマに次々ととりくんだ。この作品はスペイン征服者の側からの従来の歴史観に文学的に挑戦し、二つの宗教、二つの価値観のはざまで敗れた原住民の王の思いを淡々と綴るユニークな作品だ。

滑らかな繊維でできた敷物の上に身を横たえ、召使いブラボー〔勇敢なる者の意味〕の持参した綿布に包まれると、インディオ〔南北アメリカ大陸の先住民〕のベンシード〔敗者の意味〕は己の記憶を確かめながら、その人生の軌跡に思いを馳せ、静かに幼・青年期の追憶へと身を沈めた。

神々の姿は明らかに彼とともにあった。まるで彼の地上での最初の歩みを手引きしてくれた年寄りたちの言葉を今も耳にするかのようであった。神官たちの行為を、風の羽根、水の青い石、火の赤い舌、古来より伝わるいらいらと落ち着きなく光るトカゲのエメラルド、といった聖なる偶像に向けて差し出された生け贄の血に染まる彼らの手を見るかのようであった。

それらすべての像が再び正統で完璧なものとなった。まるで一度として忘れたことがなく空想のお飾りでもない永遠の生命を宿した堅果、礼拝する人々の声を映して創り出された輪郭のようであった。

長いこと、彼は眠ることができなかった。だが目覚めていたとも断言できない。飲まされた薬草のせいか、眼底と後頭部が重く感じられた。拷問の後の痛みで休むことも動くこともできなかった。だから、何日もうとうとしながら過ごした。だが彼の陥っているだるく暗い世界から、近づいてくる人影を正確に観察することはできた。

二、三週間前、ブラボーがやって来た。つねに信頼のできる護衛であり、友人にして、おそらく兄弟でもある召使いだ。身体を羽根で飾ることの好きな、薬草を煎じ、おいしい料理を作ることのできる女奴隷の息子であった。女はしばしばベンシードの父親と寝所を共にするために呼ばれていた。

ブラボーは彼の身体を洗い、世話をしにやって来た。着るものや水、母親が煎じる薬草の汁で満たされた壺、それに傷口を塞ぎ化膿を防ぐ効果のある土を持ってきた。傷ついた皮膚をきれいに治す薬であった。

ブラボーは彼を入念に洗いながら、怒りの言葉を吐き、すぐにでも権力を行使し、命令を下す権利を彼が回復するに違いないといった。後で死刑にするために捕虜を洗うよう命ずるものはいない、夜の軍勢、闇の生み出す翼や爪に、引き渡してずたずたにさせるために身体を洗うことはしないと、彼を励ますのであった。

彼はその意見に反論しようと思った。彼にせよブラボーにせよ勝者たちの習慣を何一つ知らないのだから身体の汚れをすべて洗い落とし、いろいろな粘土や羽根や金属の色彩と輝きでその身体を飾り立てたうえで二本の丸太を十字に組んだ彼らの不可解な神への豪華な生け贄として捧げるのが相応しいと彼らの考えることだってまったく否定はできない、と。

彼はそれを言いたかったが、言葉にするには至らなかった。ブラボーが濡れた布で彼の身体を拭きながら、血の乾いた赤い裂け目、腫れて黄色い膿の膜ができた傷口の周辺を、うっかり擦ってしまったときに、苦笑し、わずかにうめき声を上げただけであった。

傷口は痛ましいやけどになっていた（それは左の乳首の少し下、まるで赤い泉への道を切り開こうとするかのようであった）。彼は許しを求めて叫ぶまい肉体を痛めつけられる苦しさに多くの人々が発する支離滅裂な言葉を喚くまいと、自らの舌を噛まねばならなかった。

ブラボーがしゃべっていた。

「声に出して叫んでください。気にすることはありません。あなたの声を聞くものはただ一人あなたの召使いであり、友人なのですから。誓って、敵の奴らはすべてに報いを受けるでしょう。きのうあなたを侮辱したやつ、タバコ色の衣を着け、十字に組んだ木で作った神の番人らしきあの男の心臓を、わたしは引き抜いて、〝偉大なる大トカゲ様〟の前で焼いてやります。しかしその前に、爪の間に金の粒を入れ、両目の周りにサボテンのとげを刺して苦しめてやります。背骨をへし折る前に炭火の上を歩かせてやります。泣き叫ぶでしょうね」

ベンシードにはブラボーの言い分が取るに足らぬものに思えた。牙を剥きその復讐と死の味を楽しんでいるこの正直な若者の言葉に彼はいささかの重きも置くことができなかった。

湿った布で身体を拭いてもらい気分の良くなった彼は、いくぶんやさしげにブラボーに話しかけた。われらすべては勝者たる敵の意のままであり、都を占領した異邦人たちの行動を決めるのが怒りか哀れみかによってさまざまな結果が予想されると話した。

ベンシードは言った。

「風と雨の歌を思い出すがいい。わたしのために青い石の飾りのついた土偶を作ってくれた陶工のフィノ〔「洗練された者」の意味〕と話すがいい。彼はいま起こっていることの避け難さを知っている。太古より神官たちは、曙の方角（東方）からやって来る人々に勝利は味方するだろうと繰り返してきた。雲が太陽を覆うとき、異邦人たちは朝の色をしている」

ブラボーは憤慨した。そして素っ気なく、だが敬意を込めて、悲しげに言った。

「昔の歌は人々が意志を失ったときに初めて力を発揮します。心の萎えるとき、想いが歌を創ります」ブラボーは別れの礼をしながら、その怒れる男としての言葉を抑《おさ》えた。

傷ついた捕囚の身の首長ベンシードは、湿って生暖かい綿布に包まり、牢屋の闇のなかに残った。外の熱気が皮膚の上にもう一枚重ねた毛布のように感じられた。彼は疲労し、落ち着いてはいたが、それはまるで筋肉を覆う得体の知れない薄い物質によって、彼の心が辛うじて肉体の中に引き留められているかのようであった。青白く黄色味を帯びた爪の下には、ある種のハッキリしない寒気があった。

彼は自分が死ぬことになるだろうと思った。死の思いが彼を不安にさせることはなかった。いまや自分が穏やかに死んでゆくこと、そして彼の民が何世代にもわたって彼の苦悶のときの言葉と振舞いを覚えているであろうことを確信していた。褐色の民はそれらの瞬間を聖なる伝説と結びつけるであろう。国の誕生と都市の建設を物語る詩歌の一部として彼の送別の話を朗誦するであろう。彼の身体の中で〝死〟の鳥と〝命〟の炎が戦っている間に彼の言う言葉が古き神々の偉業と〝偉大なる大トカゲ〟との出会いを物語る言葉に似るであろう。

捕囚の人ベンシードはいずれ死ぬことになると思い、心の準備をした。自らの別れの調べを、最後の断固たる所作を工夫した。人々は夕暮れの灯のなか、黄昏の微風に揺れる垂れ幕のように彼の死の上にそれらを高々と掲げるであろう。

彼はどのような死を彼らが自分に科すか、種々処刑の方法を考えようとした。もしも青白き敵がこのような問題について褐色の民と同じような考えをするならば、彼の死はこれまでたびたび戦さで破った首長たちに対し彼が命じてきたものと同じになるだろう。神官は（今回はタバコ色の粗ラシャを着た男だが）羽根と鱗、尾と敏捷な四足を備え、ぴんと立てた舌と油断のない目をした〝偉大な大トカゲ〟に捧げるために、ばっさりと高貴な胸を切り裂いて心臓を取り出し燃やすであろう。今日の勝者たちの場合、〝神〟はわずか二本の棒切れでしかない。小さくて不気味で恐ろしい、ベンシードにとっては意味を持たないうさんくさい神だ。

だが別のことが起こるかもしれない。その残虐さから過激な儀式、血と蹂躙の競技を作り出す民族がいる。死が苦しくもおぞましい、赤い輝きと黒い苦悩に満ちたものでなければならぬと思う人々がいる。死が人身供犠を求める、無情で、冷酷で、敵意に満ち、笑みを浮かべて、欲望の充たされることを待つ偉大な娼婦である民族がいる。彼女の純潔の、貪欲に照り輝く腹の上を生け贄の赤い血が流れる。

勝者たちが自軍の疲れた兵士たちのために、見世物や、祭り、競技大会、宗教儀式を催すかもしれない。敗者を生け贄にして、神殿の炭火で熱した槍をその脇腹にゆっくりと喰い込ませるかもしれない。

少し前に彼らはこれに似たことを始めた。

ベンシードはカルドン〔「巨大サボテン」の一種〕の実のように赤い、生々しい傷を負っていた。それは血の生まれ出る場所を示していた。彼らが心臓の位置に槍を近づけ、苦しみ悶える肉体が切り裂かれ、あの恐るべき苦痛と吐き気の槍先が飲み込まれた。かくも高貴さに欠ける刑罰を加えてくるものたちに侮蔑の眼を向けつつ、冷静に毅然とその視線を保ち続けたと彼は信じる。たぶんそれは確かなことだ。もしも彼が尊敬に価する首長としての振る舞いをしていなければ、ブラボーが彼の世話をしにやって来ることはなかっただろうし、彼の面前で仲間内でしか見せないようなその怒りをあらわにすることもなかったであろう。

（見たところ、異邦人たちは敗北の首長に適用する拷問方法を論議していた。彼らはその最初の試みを中止した。彼らがその方法を忌むべきもの、痛みに欠けるもの、戦士・貴族の身分に相応しくないものと考えたかどうかベンシードには分からなかった。彼が分かったと思ったのは彼らが自分たちの神の一人を死ぬ前に槍の刑罰で苦しめたことを考えているらしいこと、そしてその神はその印がまさに二本の木に封じ込められたものであることであった）

捕囚の人ベンシードはその処刑される方法の違いに対して、それぞれ言うべき言葉を考えた。死の覚悟はできていると思った。だがこれまで模範的な生き方をしてきたかどうか疑問であった。統治者としての自らの仕事、それは都市の水路作り、陶器工房の整備、石細工をする石工のための規約作り、古くからの讃歌の収集、神々と祖先の序列作り、市場や見本市における価格の決定などであったが、それらが彼の最後の言葉と同じように尊重されることを願った。

彼は平静であったが疲れていた。

ブラボーにいろいろ世話をしてもらった後で、ハッキリとした夢から曖昧な半醒半睡の闇へと転じた様々な像が次第に消えていった。水の青い石、火の舌、風の羽根、泥を塗られた大トカゲの鱗がベンシードの思いのなかでその歩みを止めた。

熾《おき》をもてあそび燃える石をその長く黒い指の間で躍らせていたあの毛深いサルたちの姿も消えていた。耳障りな笑い声をたてるサルたちは一本の紐の先に水晶の燭台のついたものを見せびらかせていた。それは市の日の広場全体のように、夕べの湖のように、黄金色の太陽の空のように、一枚の木の葉の先に宿った一滴の水のように、燃えさかる熾きのように、兎にも角にも水晶のように、光にあふれていた。

ベンシードは疲れていた。ときとして、ほとんど幸せなほどに。古き讃歌のいくつかを喜んで歌おうとすると、言葉が彼の口から散逸し、ただ風、水、石、砂と言うだけであった。そしてその間、思うのは祖先が湖のほとりに建設した原初の都市のことであった。そこでは古来より伝わる大トカゲの巨大なエメラルドを囲んで緑色のトカゲが群集していた。

ブラボーが牢屋の中で彼の傷口を洗うためにやって来たとき、復讐と勝利の話をベンシードにした。彼のまどろみの休息から、神々の像が、熱を帯びてじっとしていない悪魔どもの像が、世界の火をもてあそび彼自身の打ち砕かれた身体の中で痛みとも嘲りともなっているあの落ち着きのないサルたちの像が、雲散霧消していった。

鉄の槍先が切り裂いた傷を彼の肉体が塞ぎはじめるまでに、どれほどの時間が薄闇の夢の中で過ぎていったのか、ベンシードには分からなかった。

ある晩のこと、そのときも彼は疲れていたが、突然、怒涛のような叫び声、歓声の火矢が走った。どこか遠くの地域（彼の理解では、南部の商人たち、羽根や獣の牙や、神官の首飾りのトカゲを彫りこんだ緑の石を売る商人たち、ヘビの毒、種々の油や治療や病気にさせる薬草を商う者たちの集う場所で）で大祭が始まったようであった。それは鳥のように、陶器皿のように、山盛りの果実のように、流星群のように、夜の海に落ちた火打石のように、多彩な輝きに彩られた民の声を宙に舞わせる祭りの一大集合であった。

ベンシードは大祭が始まり、おそらくは商人たちの騒然とした歓喜が喧騒と口論に成り果てたものと思った（南部の男たちは得体の知れぬものを売って一夜の思い出を持ち帰ろうと都市にやって来るが、決まって不愉快な酔態と乱痴気騒ぎの場面を起こす。口論とおしゃべりが南部男の常であり、都市人間の節度など皆目理解しない。そっとナイフを抜き無言で切りつける術を知らぬものたちである）。

外の騒ぎとひそかに呼応するかのように、牢獄がざわめきとささやき、鉄の触れ合う音で満たされた。祭りは（ベンシードの心が久しぶりに昂ぶり、気持ちも堅固となったが）本当の戦闘となり異邦人たちは恐怖と不安で落着きを失っていた。剣戟の音が聞えた。勝手気ままな命を受け、兵士たちが右往左往した。顔にサルの赤毛を生やした兵士が独房の戸口で立ち止まるとベンシードに言った。

「よくおれを見ろ。おれの顔をしっかりと覚えておけ。決しておまえに危害を加えなかったと言えるように」

しばらく人声と明かりが辺りを満たした。いくつも火災が起きていた（独房の闇の中まで炎の輝きが瞬いた）。どよめきは大きくなり、広がると再び遠くの方で沸きあがった。それは、ひとしきり熱気と騒音の巨大なかがり火のようであったが、しだいにいくつかの小さな焚き火へと弾けた。明け方には、小さな炎がただ一つ残り、静まり返った灰の中、まだそこここに余燼を燻ぶらせていた。

夜が明けると静けさがやって来た。あまりの静かさに、その巨大な沈黙の合間、一滴の水の滴りさえ聞き分けられた。それが渇きを誘った。

すぐに武装した兵士の足音が近づいてきた。侵略者たちがまた叫んでいた。しかし、もう衝突も戦闘もなかった。わずかに、時折、苦痛のため息、必死にこらえるうめき声がしていた。その苦悩に満ちた不安のうちにあって、ベンシードは彼の民が憎むべき敵に怒りの刃を一気に叩き込むためにいざと言うときまでその刃を隠すことのできることを知り、誇らしく思った。友人たちの会話よりも一段と高い声が一人の異邦人の死んだことを告げていた。ベンシードは独房の壁の中で、朝を告げる弱い光を捉えようと目を凝らし、外の物音に耳をそばだてた。

敵の兵士たちが牢獄に戻ってきた。彼らは壁に囲まれ安心したのかその傲慢な獣性を野放しにするかのように母国の言葉を使い、もはや抵抗せぬ人々に声を荒げ、突き飛ばした。二人の男がベンシードの独房に押し込まれてきた。しばらくすると、赤い土で壺を作っていた陶工のフィノの声がしてその姿が彼の脳裏に浮かんだ。

フィノが言った。

「わしらは負けた」

誰かが否定したいとは思っているが、これほど明白な事実を認める言葉がフィノのような男から発せられたことは極めて自然なことである。これに答えたのは初めて戦闘に巻き込まれた若者のようであった。

「負けを認めてしまう者が常に敗者です」

フィノは静かに言い返した。

「わしらが負けたとは言ったが、死んだとは言っていない」

フィノは話す術を知っている。彼は指先で壺や皿を捏ねながら、先祖伝来の模様、つまり神々の像を刻み、なぜか古の詩歌を朗誦する。

赤々と燃える炎に照らされた戸口の前で、赤毛ザルのような敵が立ち止まった。右手で額、胸、左肩、右肩と触れ、あたかも彼らが崇める不可解な像、二本の十字の木で自らを包むようにした。男が中をのぞいた。地面に横たわる三つの影がかろうじて見分けられる独房の中を探った。新たな囚人たちは血まみれの悲しみと、汗ばんだ痛みの臭いがした。赤毛ザルが唾を吐いた。なにやら悪態をつくと、鉄の甲冑姿で立ち去った。後に敗残の三つの影が残った。

「何が起こったのか」とベンシードが訊ねた。

フィノはだれが訊ねているのか分かった。

「殿様、わたしどもが敗北の奴隷の身であることを一時忘れる事態が起こったのです」

「ぼくは戦士です」ともう一つの影が言った。「太陽の光の中を飛んでゆく権利を得るために戦さで死ぬつもりです。でも、どうしてあなたはあの人を殿様と呼ぶのですか」

そこでフィノが答えた。

「なぜならわれらの唯一の殿様だからだ」

大いなる悲しみが独房の闇を満たした。牢獄の静けさ、都市の沈黙の中で、遠くの水の滴りとともに、負傷者たちの心臓が音を立てた。

「お許しください、どうぞお許しを。存じ上げなかったもので」と戦士が言った。

「もう殿様なぞいない」とベンシードが言った。

「皆がそのように思っているわけではありません」と若い声が言い張った。

それは最も手厳しい非難であった。若者はベンシードが自らを否定し、その地位を退かんとするのを認めようとしなかった。ベンシードがブラボーのことを訊ねたとき、若い声はしぶしぶと答えた。

「みなと同じように戦っておられました。もろともに死ぬご覚悟でした。殿様のご無事を信じて」

「わたしは傷を負い囚われの身となった」とベンシードが言った。

「ブラボーさまは亡くなられました。一時は隊を率いられ、その間勝利がわが方にありました。無礼にも殿様を侮辱したあの異国の〝神〟の番人の心臓を〝偉大なる大トカゲさま〟に捧げる時間をブラボーさまは持たれたのです。茶色の粗ラシャを纏った小男を大トカゲさまの祭壇まで引きずっていかれました。いまは、ブラボーさまも亡くなられ、腐肉を好む鳥どもがそのお体に取りついています。広場の中央に吊るされました」

　フィノが話しに割って入った。

「変です、あの連中は。生け贄の儀式をしませんでした。殺し、手足を傷つけ、凌辱して、死体を広場にさらしています」

「ぼくたちは孤立無援になりました。友邦都市はみな降参しました」

「ぼくたちには首長さまが必要です。紛れもない首長さまが。〝死〟の淵から勝利を収めることのできるかたが」

　ベンシードは認めた。

「わたしの意欲は苦悩と迷いで打ち砕かれてしまった」

「後継者をお決めください」

「兄弟のうちでだれが生き残っているのか、わたしは知らない。長老たちと相談せねばなるまい」

　やっと光が独房の中に射した。ベンシードがフィノに会釈し、フィノが疲労で表情を欠いたその顔に、赤い傷跡が際立つ笑みを浮かべて、答えた。陶工は指の間で何かを拵えていた。その傍で若い戦士が眠っているようであった。彼には血と打撲の痕が多く、額からは一筋血が流れていた。

「何を拵えているのか、フィノ」とベンシードが訊ねた。

「土と唾と少しの血を混ぜて像を作っています。〝偉大な大トカゲ〟です」

「若いのはなんという名前か」

「パハロ〔「鳥」の意味〕と言います。戦闘で死んだら隊長のブラボーさまと一緒に太陽の光の中を飛んでいきます。ぼくの殿様」と眠った振りをしていた若者が言った。

ブラボーが死んだ。フィノとパハロとその他の人々（名も無き人々）は地底に、牢獄の暗い隅に、抵抗も抗議の声も許されない賤しい仕事に押し込められた。

これに反し、ベンシードはわがものとして使い続けることのできる宮殿の豪華な部屋に移された。公の行事を再び主催することになり異邦人たちがやって来る前と同じように事件や訴訟を裁いた。だが、審議し裁定を下す際には、勝者側の隊長が一名同席し、審議した事件とその裁定の概要を彼らの言葉で伝える必要があった。異邦人はその裁定を不当と見なせばそれに反対することができた。実際に、侵略者側の代表がその権利を行使することは稀であった。代表は征服された者たちの習慣に興味を持ち、褐色の民が公正と見なすものと、彼ら異邦人たちの出身国の慣習の違いを指摘するのに慎重であった。

ベンシードと勝者側の立会人とは互いをよく理解した。後者が審議の結果を報告する通訳たちに本文についての説明を求めることはめったになかった。ベンシードは他の通訳たちよりも重んじられていたが通訳に過ぎなかった。彼は幾分丁重に扱われた。

尊敬される通訳にとって恥ずかしさに耳の火照る時が、血の止まる思いをする瞬間がある。確かに生き延びて、食べたり眠ったり、夜のために女を一人求めたりもしたが、それらが彼をむかつかせた。

（彼は情事の瞬間、当座の女相手の卑しい闇の世界の主として、自分の力を信じることができた。そして相手の女もまた偽りの甘い言葉を交わす茶番劇ではもう一方の闇の力を発揮した。二人は互いに自由な身であるかのように身を任せ合う行為にわれを忘れた）

彼は生きていた。生きているがゆえに。自分自身に嫌悪を感じた。きのう異邦人の看守長（あの赤毛ザルの男）の冗談を耳にして自分が笑ったことに愕然とした。そして笑ったことに吐き気を感じ顔から火の出る思いをした。

彼は知っている。〝死〟が、己の民の教訓、模範、伝説として彼の想像し得た数多の死の中の一つとして、自分の受け入れたこの無意味な生を清算しうる唯一の行為であることを。だが、今となってはいかなる死も自分が選び得ないことも知っていた。

彼は怠惰であり臆病であった。

「まだそのときではない」と、たまに希望の湧いた折、自らの厳粛な最期を自分は決められるものと信じたかった。ひとは自らを軽く見るとき、何かの希望に束の間出会うともう少しの、いつももう少しの辛抱だと騙される。

数日前、側女として彼に与えられた女は、かつては宮殿の侍女の一人であったようで、その後異国の兵士たちの慰みものに落とされ、野良犬のように打たれたことから辛辣で恨みがましい薄ら笑いを浮かべる女になっていたが、日陰の子を孕むかもしれない、そうなればその子にとって生は憎悪と蔑みそのものではないかとふと思った。

その恐れはおぞましくほとんど耐え難い。

とは言え、恥辱と悲しみのあらゆる幻影に苛まれながらも、ベンシードは自死の瞬間を遅らせている。輝かしい権力の座から忌まわしい敗北の現実へと無残に転落した経緯をつぶさに調べ上げたときこそ、自分は死ぬべきだと言い抜けてきた。

彼は一本の毒矢を手に入れた。手放せぬ支えとして、身分の証として、常に手の届くところに置いてある。楽しむようにと許された女に暇を出すと、彼は愛を共にした切ない娼婦の占めていた場所に、座右の矢を置いた。そこに矢がある。やせ細った伴侶、研ぎ澄まされた鏃に彼の夢が込められている。まるで彼の苦悶の中心を指し示すかのように、矢の先端がベンシードの脇腹を飾る印、はや閉ざされた心臓への戸口へと近づく。その矢は、聖像である風の羽根、水の青い石、火の赤い舌、古来より伝わるいらいらと落ち着きのない光るエメラルドのトカゲに向けて差し出された神官たちの手のように、血に染まった聖なる爪なのだ。

敷物の上に横たわり、ベンシードは自分の記憶を呼び戻し、その人生の軌跡へと引きこもる。彼の忘れられた神々のどれにも似て、彼の栄光の運命は石の飾りにすぎない。このあと実際の生活は屈辱の異国の言葉を強いられたものとなる。

精神病院の日曜日

ホルヘ・エドワーズ

栗原 昌子 訳

ホルヘ・エドワーズ（Jorge Edwards 1931～）

チリの作家。ピノチェット独裁時代はスペインに亡命した。ラテンアメリカ文学ブームの作家の一人。一九七九年セルバンテス賞を授与された。「精神病院の日曜日」（Los domingos en el hospicio）は『仮面』（*Las máscaras*, 1967）の中の一編。正気と狂気の境界線のあいまいさが魅力。どう読むかは読者にまかされている。

庭の奥に一軒の家があった。そこにはいくぶん頭のおかしい（これは感染したものだが）年老いた庭師が住んでいた。その家には空き部屋が一つあった。使われていない倉庫のようでもあり、ガレージのようでもあった。日曜日の午後といえばそこにはいつも私達が集まっていた。どうしてそんなことを始めたのか、今となっては思い出せない。仲間の誰よりも恥知らずはグリセルダだった。彼女はスカートをめくり、その下には何も着けず、音楽雑誌に載っているコーラス・ガールのようにお尻を振りながらうろついていた。エドアルディートは隣のペンションの息子で、アメリカ・インディアンのようにうなったり、体のある部分をつかみながらたき火の周りを走り回っていた。だが、何と言っても大胆だったのはグリセルダだった。彼女は本物の芝居の演出をしていた。囚われの身の白人の少女に恋焦がれていたインディアンの酋長の息子、柱に裸のままつながれていた白人の少女（彼女は私に何度も裸になるように言ったが私は拒否した）が、苦痛で身をよじっていたところ、ついにインディアンの息子が助けようと駆け付けた。白人の少女は奴隷市場の檻《おり》のなかで裸のまま身を晒され、残忍な看守に拷問され、辱めを受けていた（一度、看守役を演じさせるため病院の患者を連れてきたいと言ったが、私達は反対した。ばかばかしい！）。最後にアラブの王子が彼女を助け、香水をかけ、ブレスレットをはめ、自分のハーレムの寵姫《ちょうき》とした。グリセルダはいつも日曜日には必ず新しいアイデアを持ってやって来た。彼女は主役を自分のためにとっておいて（主役が裸にならなければならない場合以外。裸になる役は他の連中にあてがいたかったから）、脇役を割り当てた。それから私達の演技を直した。あまり上手に演じられない者たちには、人物の特徴をうまく引き出せるまで大声で檄《げき》を飛ばした。その頃の彼女は、本物の舞台芸術家だった。その後、態度が一変し人を避け、そして何でも秘密にするようになり、いつも話をごまかすようになった。

無理やり私にアントニオと恋人同士の役を演じるよう迫ったのはグリセルダだった、なぜか分からないが。例えば「あんたはアントニオの奴隷よ」などと命じた。するとアントニオは私を後ろ手に縛り、腰のベルトでおもむろに私をむち打って、その後私に触りまくり、力任せに好き放題私を引っ張った。私は奴隷のようにひとことも文句を言うことができず、ただ小さな声で嘆くばかり、何も抵抗できなかった。

ある時どうしてそうなったかは思い出せないが、私は寝入ってしまった。突然目が覚めるとアントニオが私に触っていた。そして仲間が皆、輪になって、私達二人をはやし立て、腹を抱えて笑っていた。その中心にグリセルダがいた。倉庫のドアが半開きになっていたので、皆の背後に庭が見えた。そして歯の抜けた二つのはげ頭が、仲間の連中と同じように笑い転げていた。精神病院の二人の患者だった。いかにも楽しそうに。

「さあ、今から結婚式の芝居をしよう！」とグリセルダは命令を下そうと両腕を振り上げて言った。すると皆は、結婚式、結婚式だ！ と叫び、拍手喝采した。病院の患者達は倉庫のドアをもう少し開けて同じように拍手喝采、大笑いし、熱狂した。

「でも、その前にドアをしっかり閉めて」とグリセルダが命令した。

患者たちは、追い出さないでくれと懇願する仕草をした。隅で静かにして誰にも迷惑をかけないようにするからと約束した。

「分かった、証人の役をやってもらうわ。でも、誰にも話さないと約束してちょうだい」

患者達は、片隅に後ずさりしながら大げさに頭を振って約束した。

エドアルディートは神父を演じた。グリセルダは私の介添え人で、私に何やかやと忠告した。私の花嫁衣裳を点検し、綿ぼこりを取った。車から降りるときにはドレスの裾を踏まぬようにとか、教会の花の飾り方、音楽、ビュッフェの準備、サンドイッチはとてもありふれたものだから私には持ってこないようにとか……。新婚旅行先はバリローチェ〔アルゼンチン、パタゴニア州にある有名なリゾート〕に決めた。

「さあ、ふたりでキスしなくてはね」挙式が済むと彼女は指図した。それから言った。「ダメよ。唇のキスでなければ。もう二人は夫婦なんだから、永遠に。忘れないでね」

グリセルダに言われたとおりアントニオは私の唇にキスをした。そして全員が、花嫁花婿万歳！と叫んで拍手喝采した。

「さあ、ビュッフェがあるから、みんなこっちに寄って」と倉庫の片隅を指してグリセルダが言った。私達は皆近づいた。そしてサンドイッチや切り分けたパイ、ゼリー、飲み物を選び頬張ったまま会話を始めた。グリセルダの許しを得た患者達も、近寄ってくると次々とうれしそうにサンドイッチを摘まんだ。彼らは絶えず体をかきむしって大声で笑った。彼らのこれまでの人生でこれほど楽しいことはなかった。

当時、私の父の友人で病院の医師の一人が部屋の一つを私達に貸してくれていた。父は重い病気で入院していた。二度の手術を受けなければならなかったが、それは何の効果ももたらさなかった。母は平日は働き詰めで、土日は父に付き添って病院で過ごした。結婚式の次の日曜日、私は少し熱が出たので寝ていなければならなかった。家族の友人であったあのイレーネ・サルガドが私の看病をしていた。見舞いに来たアントニオがドアをノックする寸前、彼女はとても深刻な顔で声を落として、父が危篤だと言った。

「パパに会いたいわ」と彼女に答えた。

「もし明日の朝あなたの具合が良くなっていれば、一緒に会いに行きましょう。あなたのお母さんは明日、休暇をもらっているから」

「パパは死んでしまうのかしら、どう思う」

イレーネは眉を上げ巧みに返事を避けたが、まさにその瞬間アントニオがドアをたたいた。私達はよもやま話や冗談を言い合ったりしたが、イレーネが突然どうしたことか一緒に歌を歌おうと言い出した。私達はいろんな歌を歌ったが、誰もまともに歌詞を知らなかったし、音痴だと言っていちいち私を非難した。一方、アントニオといえばかなり音程が良く、良い声をしていることが分かった。とうとう私達は静かな歌に飽きて《マルティニーク島の伊達女《だて》》を歌い出すと、だんだん声が大きくなり、ついには叫び声になって、ベッドの上で跳ね、花瓶や段ボール箱やベッドの留め金など手当り次第たたきながら、始めの部分をだんだん大きな声で「マルティニーク島の伊達女～」と声がかれるまで繰り返した。するとその瞬間ドアが開いて、先生のお母様であるチェパ大奥様がのぞき込んで治安警察官のような大声でそんなばか騒ぎはやめるよう叫んだ。

「歌を歌ってはいけないの」と私は訊《き》いた。

「そんな歌い方はだめよ」チェパ大奥様は答えた。

「私の部屋で好きなように歌うのは勝手でしょう」

「だめよ！」チェパ大奥様は答えた。「だめですとも！　あなたたちは他の人達のことも考えなくては！　一体自分たちを何様だと思っているの！」

「ここは私の部屋です」と私は怒って言い返した。「私の部屋では好きなようにできるわ」

「とんでもない！」と大奥様は叫んだ。「あなたの好き勝手は許さないわ！　それにあなたの部屋でもないわ！　我が家の一部よ！　我が家の！」

「歌いましょうよ」私はアントニオに言った。

「歌おう」とアントニオは言い、私達はまたかなり大声で《マルティニーク島の伊達女》を歌いはじめた。

「静かにしなさい！」大奥様は耳に手を当てて叫んだ。

「私の部屋から出ていったらどうなの」私は言った。

「あなたの部屋じゃないわ！」と叫び、片隅にある肘掛椅子に座りこんだ。両腕を肘掛椅子の肘に乗せて、動こうとはしなかった。

「出て行って」と私は彼女に叫んだ。

「いやよ！」チェパ大奥様は叫んだ。「静かにならない限り出ていかないわ！」

「私の部屋ですもの！」とベッドから身を起こしながら声を震わせて私は叫んだ。私は全身の筋肉が震えていることに気づいた。チェパ奥様は、バカにしきったような顔つきで振り返った。

「アントニオ……」

チェパ奥様を追い出したいという私の意志によって、催眠術をかけられたようにアントニオは立ち上がった。

「追い出して！」

アントニオが大奥様に目をやると彼女はアントニオを見返した。軽蔑するような様子だったが、歯向かってこないと確信していた。その間イレーネは驚いた表情で傍観していたが、ひきつったように笑った。

「外に出して！」私はアントニオに向かって叫んだ。「さもなければ二度とあなたに会わないわ」

アントニオは、頭を垂れてロボットのように身を揺らせて肘掛け椅子の後ろに回り、椅子の両側を持ち上げた。渾身《こんしん》の力を振り絞ったからか顔が紅潮していた。

「放してちょうだい！」とチェパ大奥様は恐怖のあまり甲高い声を上げた。

「その調子！　追い出せ、追い出せ」と私は手をたたき、よろこびのあまり飛び跳ねて叫んだ。

アントニオが椅子ごとチェパ大奥様を持ち上げると、一瞬ためらったものの、私の叫び声に励まされ、背筋を伸ばし椅子をしっかりとつかんでドアの外に置いた。大奥様の金切り声と私の拍手が響くなか、彼はドアを閉め掛け金をかけた。私は、とうとうやってくれたわね！と興奮して叫んだ。

「あなたたち、お仕置きを受けるわよ」とイレーネは驚いて言った。「私は出て行くわ」

「どうぞ、心配しないで」と私は言った。

アントニオはイレーネを戸口まで送った。廊下の様子をさっと見てから再び掛け金をかけた。

「誰にも見られていないから」とアントニオは言った。「ばばあの負けさ」

私の瞳を見つめながらゆっくりと近づいてきた。

「よくやってくれたわね」と私は彼に言った。

彼はにんまり笑うとベッドの私の脇に座った。

「僕たちは結婚したんだよ」と彼は言った。

私は唾を飲み込むと一言も返さなかった。すると彼は私の肩に手を置き、その手を少しずつ下ろして、とうとう胸に触れた。

「いいこと教えてほしいかい」と私に尋ねた。

「いいことってなに」

「だけど、君のベッドに入らなきゃ」

また唾を飲みこんだ。天井を見上げた。私は、下で庭を散歩している患者達を想像した。彼らはオーバーな身振りで合図を送ったり、鼻歌を歌ったり、突然しゃがみこんでミミズの這う音に耳を傾けたり、頭上を飛び回る空中の敵に向かって拳を振り回し罵り声を上げていた。

「やめて」ベッドに潜り込もうとして上着を脱ごうとしていたアントニオに私は言った。「そんなことしないほうがいいわ」

「怖がることないよ」とアントニオが言った。「お前にやり方を教えてやるよ。簡単だよ」

「教えてくれなくていいわ」私は両手を彼の胸に当てて、彼を追い払おうとした。

「僕たち結婚したんじゃなかったの」彼は訊いた。

「そうだけど」と私は言った
「じゃあ！」

その後、皆そろってグリセルダを先頭にして私に会いにやって来た。アントニオは掛け金を外すためにベッドから飛び降りて、大急ぎで服を着なければならなかった。

「なぜ閉じこもっていたの」グリセルダが訊いた。

「私達チェパ大奥様とやりあって、肘掛椅子ごと彼女を外に放り出したのよ。見ていてほしかったわ」

グリセルダは私の説明に十分納得したようには見えなかった。乱れたベッドに目をやるとすぐにいぶかしげにアントニオを見た。私達を結婚させたのは彼女だったのだから、彼女のそうした言動には納得いかなかった。私は気分が悪くなり、熱っぽく、少し痛みを感じた。アントニオは誇らしげにどうやってチェパ大奥様を追い出したかを話していた。

「肘掛椅子ごとやったの」と、皆が訊いた。その話を十分楽しむために何回も詳細を確かめる必要があった。

「椅子ごとだとも！」

「本当かい」

「そうだ、本当だとも」と答えた。

「すげえー！」

グリセルダは、この話の間中、額をガラス戸に押し当て、窓の外を眺めていた。

「さあ！」突然言い放った。「行こう、アントニオ、あんたは私達と一緒に来るわよね」

アントニオは、肩をすくませた。しばしためらった。続いて私に別れを告げて彼らと一緒に立ち去った。彼らが遠くへ行ってしまうのを待って、トイレに行くためにベッドから起き上がった。実のところ高熱のせいで体がかなり痛かった。歩くのさえおぼつかなかった。廊下の真ん中でバランスを失って壁に強くぶつかった。冷たい汗が全身を覆い、ねばねばした汗が両足を流れ落ちていた。浴室に入るとそれは汗ではなく血で、血の糸が両足を伝って流れ落ちていることが分かって驚いた。私はできる限り血を洗い流した。熱でめまいがしたが、部屋に戻った。すでに患者達には昼食の案内があった。庭には誰もいなかった。ただ患者達が散歩する広大なスペースがあり、遊歩道の芝生の薄い斑点、イチジクの木々のこずえ、三、四個の空っぽの植木鉢を乗せた手押し車が見えた。

母が午後七時半ごろやって来たとき、私はぐっすり眠った後だった。

「イレーネはどうしたの」

「だいぶ前に帰ったわ」

「ねえ、あなたはどんな具合なの」

「大丈夫」と私は答えた。「少し熱があるだけ」

母が額に手を当ててみると、眠ったためか熱はなくなっていた。

「で、パパの具合は、どうなの」

母はもう望みがないことを身振りでほのめかした。「明日の朝、パパのところに連れて行ってあげるわ」と言った。

父は病院の先生方が考えていたよりも長く、三週間も持ちこたえたが、痛みがひどかった。父が亡くなると、仲間たちは皆、グリセルダとアントニオを先頭に悔やみを言いにやって来た。もっともらしく悲しみにくれる顔をして我が家に入ってきた。私はすぐにまた倉庫の芝居に参加したかったが、すでに終わってしまっていた。誰もが外出することを好んだ。父親の仕送りで食べていたアントニオは、日曜日には必ずマチネーを見に行った。しばらく彼に会うことはなかったが、休暇から戻って再会したときには、（私達はどこにも出かけることはできなかったのに、ロジェーロ〔チリの首都サンティアゴから約一二〇キロメートルに位置する保養地〕で一か月過ごしたと嘘をついた。嘘だと分かりっこないでしょ）急に背が伸びて、黒く口ひげが生えているのが分かった。全く別人のように変っていて、お互いに話すことは何もなかった。彼はごく一般的な話題に終始した。戦争について、イギリス人達について、また、日本の神風特攻隊について。話す声がかすれていたが彼は二、三度咳払いしてごまかした。グリセルダは、孤児になったばかりで我が家で暮らすことになったが、ペダンチックになっていたアントニオには心底がっかりしたと言った。

「それってどういうこと」

「何でも知っていると勘違いしているやつのことよ」

「ああ」と私は言った。「そのとおり。彼は知ったかぶり《ペダンチック》よ」

屋根部屋

マリオ・ベネデッティ

有働 恵子 訳

マリオ・ベネデッティ（Mario Benedetti 1920~2009）

ウルグアイの作家。ブームの作家の一人。「屋根部屋」（El altillo）は『死とその他の驚き』（*La merte y otras sorpresas*, 1968）の中に収められている。この作品は注意深く読まないと悲劇の結果を読み逃がしてしまう。あいまいさ、サプライズがこの作品の魅力で、読者はそれを読みとかねばならない。

あそこの高いところにある。ここから見えるよ。いつも屋根部屋〔屋上に造られた独立した部屋〕が欲しかったんだ。九才の時、十二才の時。ここから見えるよ。在るということが分かるのはいいものだ。明かりがついている。百燭光の電球だ。でも、中庭からは何かが光っているとしか見えないけどね。いつも屋根部屋が欲しいと思っていた、逃れるためにさ。誰からかって言うのかい、分からない。正直、僕は知りたいよ、みんな、誰から逃れようとしているのかはっきり分かっているのかどうか。誰も分かっていないんだ。ネズミは分かっているかもしれない。でも、ネズミはお医者さんがよく言う典型的逃亡者じゃないよ。僕こそそれさ。僕は屋根部屋が欲しかった。たとえば、イグナシオが持っているような。イグナシオはそこに本や、カレンダー、地図、そして、絵葉書、切手アルバムなんかをしまっていた。イグナシオは屋根部屋からそのまま屋上に出ていった。そこからは近くの屋上がみんな見渡せた。天窓がついている屋上もあればついてないのもあったけど、洗濯用の流しがあり、手摺りには植木鉢が置いてあった。そういう時イグナシオはもはや逃亡者の目なんかじゃなくて支配者の目をしていた。屋上を見下ろすということは、ほとんど人の生活の内側を上から覗くようなものだ。下着を干したり、古くなったガラクタを山積みにしたり、また、人目を気にせず日光浴をしたり、自分のために体操をしたりしている。ビーチで女の子に見せるためなんかじゃなくてね。屋上は店の奥の部屋のようなものだ。もちろん、イヌのいる屋上もあるけど、それは不都合だ。でもいつだって手だてはある。石を投げたり、大声で追い払えばいいのさ。いずれにせよ、僕もイグナシオもイヌに見られるのが好きではなかった。それに、屋上にイヌがいたら孤独が失われる。それではダメだ。そのイヌが人間の目をしていたらなおさらだ。僕は、イヌの目をしているイヌだって御免こうむるよ。ネコのほうがまだましだ。お飾りにすぎないからね。空や、飛行機、凧、それにネコとなら、僕は完全に独りだと感じることができる。イグナシオといっしょでもほとんど一人でいるのと同じだった。おそらく、それはイグナシオが無口だったからだ。オペラグラスを手にとってはリソさんちの屋上をじっと見ていた。そして、メチャもソニアもまだ上がってきてないことを確かめると、それを僕に貸してくれた。僕は、アントゥーニャさんちの屋上にルイサもマルタもまだ上がってきてないことを確かめるまでじっと見ていた。いつも屋根部屋が欲しいと思っていた。イグナシオのはとても立派な屋根部屋だったが、あいにく僕のではなかった。イグナシオは決して、僕によそ者とか、もぐりとか、敵とか、うっとうしいやつとか、関係ないやつとか感じさせることはなかった。それは分かっていたけど、僕は自分ではそう感じていた。誰に言われなくてもね。逃げるためには、つまり、それが何であるのかよく分からない何かから逃れるためには、人はひとりでそれを実行しなければならないのだ。なのに、僕が逃げるとき（たとえば、叔母さんのメガネを粉々に割ってそれをトイレに捨て、叔母さんがすっかり平静さを失いカンカンに怒って、僕に向かって「とんだおばかさんね、お父さんの酔っぱらいの結構な賜物だわ」と怒鳴ったとき。もっともお医者さんに言わせれば、僕の知恵遅れが亡くなった父さんの酔っぱらいと関係があるかどうかははっきりしてないらしいけど）、そして、僕が一人になるためにイグナシオの屋根部屋に逃げこんだとき、僕は一人にはなれなかった。なぜなら、あたりまえさ、イグナシオがいたからだ。それに、時々、隣のイヌもいた。人間の目で見るような奴だよ。これはみんな僕が十二才と九才の時のことだ。十三になったら屋根部屋のことはおしまいになった。僕が養護学校に通いはじめたからだ。学校で何をしたのか何も覚えていない。なんとたった三日しか行かなかったからね。その後、図体のでかいガキ大将に殴られて、今は開いているけど、この目を開けられず、長い間ベッドに横になっていなければならなかった。おまけに息をこらえてね。それもこれもろっ骨が折れていたせいだ、もちろん。でも最後には息をしなければならなかった。なぜって、顔がどんどん赤くなって、最初はトマトみたいだったけど、しまいにはサトウダイコンみたいに真っ赤になってしまったからだよ。その時、息をしたら痛いのなんのって。叔父さんが「養護学校はおしまいだ」と言い、叔母さんは「結局のところ、あの子はほとんど普通なのよ」と言った。かがんで鍵穴からのぞいていると、突然、目の辺りがひんやりしたので、僕はそこから離れ、寝間着を着た。叔母さんは「あの人が明日からここに教えに来てくれるわ」と言って、僕に布団をかけ額にキスをした。僕はまだ自分の屋根部屋を持っていなかったし、イグナシオの部屋にも行けなかった。彼のお父さんと僕の叔父さんが、殴り合いとはいかないまでも悪口を言い合ってケンカしていたからだ。あの人は毎朝僕を教えに来た。教科書を見せてくれただけではなく、脚まで見せてくれた。僕は、あまりにも毛深いので目を離すことができなかった。あの人に「僕はほとんど普通なんだよ」と教えてあげたら、あの人はにっこりした。僕に「何かすごく好きなものはあるの」と聞いたので、僕は「屋根部屋」と答えた。でもすぐさま後悔した。イグナシオを裏切るみたいだったからだ。でも、兎にも角にもいずれあの人には分かることだった。だっていつも目をギョロッと大きく開けて見ていたからね。僕はあの人は目を閉じたことがないと思うよ。たぶん僕が閉じた瞬間に瞬きしていたのかもしれない。時々、僕は、わざと瞬きするのを遅らせた。でも、あの人は僕の考えに気が付いてやっぱり遅らせていた。きっと、その後僕と一緒に瞬きしていたにちがいない。だって、彼女が目を閉じるのを見たことは一度もないからだ。正確にいえば、一度だけ見た。でも、それはカウントできない。死んじゃってたからね。以前彼女に教えてもらった生徒たちで花束を供えた。僕もその一人だったけど僕は先生のことをあまり好きじゃなかった。そう、脚は好きだったさ、もちろん。毛むくじゃらだったからだよ。でも、先生の体は脚だけではなく、他のところもね。そんなわけで、教えてもらったのはたった一か月半だけだった。叔母さんは「ずいぶん良くなってきたのに残念」と言った。「もう九九の八の段まで言えるようになったのに」と叔父さんが言った。実は僕は九の段だって言えたんだけどね。もちろん、そのことは黙っていた。誰にでも一つぐらい秘密があったほうがいいからね。秘密なしで生きていくことなんてできるのかなあ、僕には分からない。イグナシオは「僕の秘密の中の一番の秘密はね……」と言っていたけど、僕は教えない。だって、誰にも言わないって約束したからさ。殺したイヌのことは漏らさないと誓ったからさ。それがいつ頃のことだったか正確には覚えていない。いつも日にちのことは頭の中でごちゃ混ぜになっちゃうんだ。ちょっと前にしたばかりのことでも随分前のことのように思えたり、その反対に、ずっと前にしたことを五分前にやったことのように思えてしまったり。たまに、いつのことか分かることもある、特に今はね。叔父さんが亡くなった母さんの形見の時計を僕にくれたからだ。叔母さんは「かわいそうに、これであの子も気が紛らわせるわ」と言った。とんでもない、僕は気なんか紛らわしたくない、つまり、その時、気なんか紛らわしたくなかったんだ。だって、それは十二才の時のことで、今は二十三才だからだ。僕の名前はアルベルト・ルイス、ソラノ・アントゥーニャの五六九番地に住んでいる。叔父さんは、オロスマン・リーバスで叔母さんはアメリア・T・デ・リーバスだ。Tは、タルダギラのTだよ。やっと僕は屋根部屋を手に入れたのさ。僕だけのね。昨日だったかな、一昨日だったかな、それとも五年前だったかな。いつだったかはどうでもいい。要は僕の屋根部屋があるってことさ。ここから見えるよ。僕はいつも自分の屋根部屋が欲しかったんだ。叔母さんが「お医者様は、正確には知恵遅れではないとおっしゃっているわ」とため息交じりに言った。そう、僕はドアの鍵穴から確かに叔母さんがため息をつくのを見たんだ。つまり、グッと胸が上がって下がるのを。十字架のついたペンダントもグッと上がって下がった。そして、僕は屋根部屋から下りていった。叔父さんはマテ茶を飲んでいて、「どうだい」と僕に聞いた。「最高さ」と僕は答えた。僕の屋根部屋には規格では七十五燭光の電気スタンドがあるんだけど僕は細工をして百燭光の電球をつけた。でも、叔母さんは七十五燭光だと思っているけどね。時々、あんまり明るくて目がチカチカしてしまう。叔父さんは、電球には七十五燭光と書いてあるけれど本当は百燭光だということに気が付いている。でも、叔母さんに告げ口なんかしないさ、僕は分かっている。だって、叔父さんも自分のナイトテーブルに叔母さんが四十燭光しかつけてはいけないと言っているのに七十五燭光をつけているからさ。燭光ってのは蛍の数のことだよ。イグナシオが少し前に訪ねて来なかったら、今ごろ僕は屋根部屋にいるのに。でも、現れたんだ。イグナシオに会うのは本当に久しぶりだった。イグナシオは十一年ぶりだと言った。家を引っ越して彼にはもう屋根部屋がないらしい。イグナシオは「やあ」と言った。めったに口をきかなかったのに。自分の屋根部屋を持っていたときでさえ自分から話をしなかった。それくらい誇り高いやつだった。今、僕には僕の屋根部屋がある。午後、屋上に出るのが好きだ。運のいいことに、ここには人間の目をしたイヌがいない。テンレイロさんちの屋上にゴリアットっていう名前のちっちゃいイヌがいるけどイヌの目をしているから、それほど気にならない。僕も「やあ」と言った。でも、僕はイグナシオが何しに来たのか分かった。すぐ分かった。イグナシオは、会うのは十一年ぶりで今は大学三年生だと言った。ひげが生えているように見えた。僕には生えてない。イグナシオは「君の叔父さんが会いに来てもいいよって言ってくれたんだ」と言って、ごまかした。「叔父さんは、君が随分よくなったって言っていたよ」なんて言って、また、ごまかした。叔父さんときたらでたらめばかり言って。イグナシオが窓に近づいた。空を見上げた。空もイグナシオを見た……ドスン！　階下へ行くと「どうだい」と叔父さんが僕に聞いた。「最高さ」と僕は答えた。僕は明かりをつけたままにしたから、ここからその光が見える。僕から屋根部屋を取り上げるようなことは誰にもさせない。誰にも……決して、誰にも……絶対に。僕はイグナシオを裏切るようなことはしなかった。なのに、あいつは今しがた突然やって来て何食わぬ顔をして空を見上げた。大嘘つきだ。みんなイグナシオが屋根部屋をなくしたこと知っている。でも、僕のせいじゃない。「どうだい」と叔父さんが言った。「最高さ」と僕は答えた。明かりがついている。百燭光の電球だ。でも、イグナシオはまぶしくないと思うよ。だって屋根部屋から下りる前に、「ごめんね」と言ってパッと見開いている目を閉じてあげたからさ。

夜の随想

アウグスト・ロア・バストス

有働 恵子 訳

アウグスト・ロア・バストス（Augusto Roa Bastos 1917~2005）

パラグアイの作家。一九八九年、スペイン語圏で最も栄誉あるセルバンテス賞を授与された。「夜の随想」（**Juegos nocturnos**）は一九六九年に出版された短編集『死へのプロセス』（*Moriencia*）の一編である。

《だめだ……》

男は、本のページから目も上げず、湿った煙草を口にくわえたまま呟いた。

《彼らがやって来る前に起き上がって、ちょっと歩いて、何か口に放りこんでおかねばならんのだが。その後は明りを消して、物音はご法度だ。二人はその辺りに入り込んで、いちゃついたり撫で合ったりする。その間、自分が眠り込むなんてとんでもない。「おい、見ろ！ この男は覗き魔だ！」とぺぺが言っていた。ふむ、なるほど……。おそらく、そうかもしれないし、そうではないかもしれない。百パーセント当たっているか、外れているかだ。われわれが唯一でっちあげられるのが人の悪徳だ。まあ、事をはっきりさせてみよう。もし彼らが来ないのなら仕方がない、それでいい、でも私は残念だ。しかし、それはその鼻たれ小僧たちの行為を見たり会話を聞いたりできないからではない。来るか来ないかと待って無駄になった時間のためだ。問題は、まさにその点なのだ。皆さんは、目の前で起きようとしていることが、常にそれを待つ者に不信感や疑いの念を抱かせるということにお気づきだろうか。それは一種の中毒のようなものだ。お分かりかな。恐れである。自分自身に対する恐れかもしれない。私にもよく分からんがね。カフカの寓話に出てくるネズミのように、危ういほうへ必然的に引き込まれてしまうのだ。でも、あの二人はカフカもモンゴもちんぷんかんぷんだろうが。下腹部というところは複雑な思考をして悩んだりしないのだ。二人が愛し合っている間は、現実がどうあろうと関係ないのである。ひよっ子達よ、いっそのこと私も君たちのようになってみたいものだよ。君たちは、やって来ては庭に入り込む。家は君たち二人だけのために真っ暗にしてあるよ、外側はね。分かるだろう。お決まりの場所は、奥の塀とイボタノキ〔常緑低木で垣根に利用〕の間でシナシナノキ〔黄と赤の花を付けるマメ科の低木〕の下の隅っこだ。さあ、進め恋人たちよ、そこで好きなようにするがいい。私が君たちに提供できるのはこれだけだ。でも、オリーボスの町中どこを探しても、君たちが必要としているものにこれほどふさわしい場所は見つけられないと思うよ》
それから、男の寂しい気分は徐々に皮肉に変わり、またブツブツと声に出し、活字を追う。〝……貧しい人たちが目に触れないということが、彼らについての最も重大な事の一つなのである。改革主義の昔からのお決まりのせりふのように、単に、放っておかれ、忘れられているというわけではない。最悪なのは彼らが見えないということである〟《ほう、この国家衰退の預言者の連中ときたら、読者に悪く思われまいと何とうまくやることか。愚か者よ！　今や聖書に代わって統計学ということか》〝……何百万人という人々が、餓死から身を守る防衛手段として飢えにしがみついている……肉体も精神も大きなダメージを受け……人間の品位を欠く次元で存在している……〟《今になって、私にこんなこと言ってくるとは、何たるざまだ！　見たまえ、コンピューターで苦しむ姿はヨブそのものだ》
数ブロック先からスピーカーの調子外れの音楽が、木々の間を通り抜け柔らかな響きとなってガラス戸にはねかえる。笠を古いカレンダーの紙で覆ったナイトテーブルの明りはベッドに横たわった男の姿をより一段と大きく見せている。電球がその円錐形の紙の笠を焦がし、強い光の裂け目を作る。とはいえ、依然としてあたり一面に闇は広がっている。明るく照らし出された円形の中には、本とそれを支える片方の手だけが浮かび上がり、ゆっくりと不規則に動く胸の上で、本と手が上下する。時々、呼吸が止まる。すると、溜まった空気は言葉を発することで外に抜け、溜息ひとつ、あくびひとつでしぼんでいく。頭を動かし、どうにかこうにか文字を追うが、男の思考は一点にとどまったままで宙ぶらりんだ。

〝もし、彼らが死ぬほどに飢えていないなら、単に腹が空いているということだ。そして、飢えのおかげで肥満になっているのだ。安いものばかりを食べているからである……〟《それは、ある程度、確かな事だ。捨てられ、役に立たないものを食べて、と私なら付け加えるが。「歩道に並んでいるゴミ容器を点検したらどうだ、どの街の通りもぞっとするほど汚いけどね」とぺぺが言う。「でもあそこだけじゃないよ。そこら中で食べ物を無駄にしている。私は、よく、棒きれでゴミ容器をかき混ぜてやるのさ。ゴミをあさっている犬や猫を追い払うことができればと思ってね。彼らはそこに自分の魂を探しにきているように見える。ゴミの中には何でもある。信じられないだろうが、時折、犬や猫から何か奪って家に持って帰りたいと思うほどだ。大勢の人々を、途上国の人口全部だって養えるほどの量だ」と私は言う。「君の言うことは分かったさ。でも、一体、どの地区のどの家の前にそういうゴミ容器があるのだ」とフリアの夫は、テーブルの下で妻の膝を撫でながら私に言う。「どこにでもありますよ、先生。行って見てごらんなさい。ラカラやトラバホ通りの排水溝にだってありますよ」弁護士はまんまと釣り針に食らいついてきた。立ち上がって、私の方に向かって口をとがらせて言う。「僕が君たちを車で連れて行こうじゃないか」下層民も上流階級と同じように多くのゴミを出すというウソを、どうして私は思いついたのだろうか。とはいえ、ぺぺや、建築家、マルティン、マック・グレゴールが、フローレスの古い沼地のゴミ容器をくず屋のようにかき回すのを眺めるのは見ものだった。一方、女たちは、車の中で鼻にしわを寄せ、夫たちをバカ呼ばわりして叫んでいた》〝……貧しい人は、ますます国家の措置や意識の外におかれていく……〟《ミスター・ハリントン〔マイケル・ハリントン（一九二八－）米国の政治活動家・政治学者。ニューヨーク市立大学教授・米国社会党委員長など歴任。主著『もう一つのアメリカ』で貧困問題を追求〕、この作り話はそのまま貴方にお返しします》

一瞬、光の筋が、額に張り付いたまばらな髪の間で輝く。スピーカーの音楽がダンスホールの残響を運ぶ一陣の風とともに近づいては遠のく。その間、男はブツブツと呟き続ける。

《だが食べ物に限ってなら、プランクトンがある。リーダーズ・ダイジェストの読者の皆さん、ほら、あの言葉です。それが解決策になりはしないだろうか。すべてのものが再び海に帰り、海で生活し、海で食べ物を得るのだ。海にはあらゆるものにとっての食べ物がある。海藻や、マリネ状の有機物の残骸、サラダを作れば食べきれないほどの量になるゼラチン、これらのものが無限に生息、存在しているのだ。我々が二本の足で立ち、忌々しい大地を歩くために、海を去ろうと思いついた日を呪ってやりたい！　なぜなら、火や、車輪、金属、エゴや爆弾の発明、宇宙旅行といったものは、我々が誕生して原初の胎盤を離れた時に失ったものを充分に補ってくれてはいない。「止めてくれよ、君、僕に言わないでくれ」ぺぺが片隅から大きく目をぱちくりさせて私を見ている。「神々だって海を去ってしまった、なんてことだ！」と私は言う。ハリントンの言っている事が正しいのは分かっている。なぜなら、すべてが食べ物の、つまり、消化腺が十分に満足させられるか否かというだけの問題ではないからだ》〝……美と神話は貧困を隠す永遠の仮面だ……〟《つまりそうやって虫食いの果物を艶やかに磨き上げ、われわれのスープにまでウジ虫を放り込むというわけだ。苦いものを飲み込んだものは甘い唾は吐き出せない、と私の祖父が言っていた。「私の国では、それは押しも押されもせぬ神話の国だが、アスンシオンの郊外に行けば、子どもたちが平然と土を食べているのを誰だって目にすることができる」と、ある時、カンポス・セルベラが言った。あの辺りをサン・テグジュペリがエア・フランスの空路開発で歩き回っていた時期、その様子を見て何か書いてくれるようにと、ある午後彼を現場に連れて行った。フランス野郎の目は涙で一杯になった。彼は、その光景を信じようとはしなかった。神話を探しに行ってそれを見つけたのに、その後、土を食べる子どもたちについて一言もなかった。せいぜい、舗装の石の下からアスンシオンの街路を侵食するジャングルについて若干のコメントを書いただけだった。それはさておき、私はそのパラグアイの詩人に、「事を大げさにして、冗談めかすのは止めよう」と言い、話を続けた。「でも、私は、生きているものが土を食べても別におかしいとは思いませんよ、その後で、土が我々を食べてしまうことになるのですから。それから、良質の赤い土のパイがなぜ子どもたちにとって本物のパイよりまずいものになるのか私には分かりません。なぜなら、あの子どもたちはパイなど一度も口にしたことがないからです」革命は（私は諸々の革命信奉者の怒りをかいたくないからいつも太文字を使う）、あの子どもたちに本物のパイを与えることができると思いますか、と私はその時、彼に唐突に質問した。詩人は、よく見えない方の目を手で覆いながら私を見た。そして、「しかるべき時期を待たず、真の隣人愛もなしに達成される救済は意味がない。でも、私が求めているのはまさにその意味だ」と言った。そのパラグアイ人は立派な人物だったが、ユーモアのセンスに欠けていたね。彼が追われていた頃、一時、一緒に住んだことがあった。私の家には誰も彼を探しに来ないだろうと考えてのことだ。まだ時々、重苦しい疲れた彼の声が、遠くの方から私に話しかけてくることがある。ある晩、彼が死んでいるのを忘れてドアを開けそうになった。だが、あの日の午後、私は彼に、先ほど話したすべてが胃袋の問題ではないということと、貧困の根本は別の性質を有しているということを話した。私は、彼をオリーボスの駅へと連れて行った。「もし君がそうでないと言うなら、あの女を見てくれ」女は、スーツケースを持ちホームに立って列車の入ってくるのを待っている。ひどく慌てふためいているが、どこに行くにもいつもそんなふうで必ず遅刻する。列車が止まると女は乗降口に近づき乗る素振りをするが、乗らない。列車が動きだすと、一歩踏み出す。詩人は女を助けようと駆け出す。すると老女は、ハンガリー語か、ドイツ語か、私には何を言っているのか分からないが、詩人に向かって罵詈雑言を浴びせる。その後再び女はベンチに腰を下ろすと、擦り切れたトランクを膝に抱え、行儀よく、静かに次の列車を待つ。詩人が私を見る。「女はいつも午後の同じ時間にやって来るのです」と私は彼に言う。女はしばしの間、列車乗り遊びをしているが、どの列車も彼女の待つ列車であるはずがないのだ。「ある日、女は車輪の下におさまり、その時、やっと目的地に着いたということか」と詩人が言う》

涙目が再び明るみの中に浮かび上がる。男は、必死で煙草の火をつけようとしている。最後のマッチが消える。すると、また、キラキラひかる細い糸のような煙が顔に張り付く。〃……さらに、そのような人々は、まともな寝場所もなく、教育も医療も受けていない……政府は、このことが貧しい者の身体にどのような意味をなすのか、実際、調査書を作った。その数字やデーターはこの文書全体に渡って引用されている……しかしながら、はるかにもっと重要なことがある。つまり、この貧困は人の精神をへし折り、歪めるということである……〃《なるほど、そういうことか、分かったぞ！　これはまさに濡れずに雨の中を歩くのと同じだ》

親指で後頭部を掻きながらベッドに腰を下ろす。その後、ゆっくりと立ち上がる。顔を窓の方に向け、スピーカーの音が依然として窓ガラスに響いているのを確かめる。それから、洗面所に向かう。薄暗がりの中で、ぶかぶかの寝巻が男のとてつもなく大きなシルエットをさらに強調する。洗面所から出ると廊下の電気を点け台所に行く。コンロの上のフライパンに固まった油にまみれた揚げ物の残り物がある。腹の上で腕を組み、その残り物をじっと見る。暗闇の中で、一瞬、早口でぶつぶつ言う彼の声だけが聞こえる。
《それは、何かもっと巧妙で陰険なものだ。我々の肉体、反射神経、そして哀れな習性をうまく利用し、人間を卑しめる。言ってみれば、無言の怒り、その激しい熱を四方八方にまき散らす精神の痙攣である……ふむ……そして、それは口の中に歯石も溜める》

流しのタイルに痰《たん》がぶつかる音がする。それに水道水の流れる音が続く。声は遠のき、男の影が寝室の笠の明かりに再び映し出される。ベッドに腰を下ろす。片方の足が下に置いてある箱に当たる。繰り返し、かすかに窓ガラスを震わせるダンスホールからの響きを聞きながら、箱を持ち上げる。中から古い扇風機を取り出すと、椅子に乗せ、自分の前に置く。ベッドの頭部からぶら下がっているもう一つのスイッチを押す。しかし、その時、モーターとファンの音が外の音楽を遮る。シーツの端で流れる汗を押さえながら、扇風機を止める。

〝……住宅地に住むと、我々の社会は、本当に豊かな社会だと容易に想像がつく……〟《ミスター・ハリントン、バカもいい加減にしてくれ！　君の国では、誰かが言っていたように、もし、三人妻がいることを証明すれば、まともな男なら、重婚であっても咎められないそうだね。豊かな社会かどうかは、単に人の感じ方の問題さ。読者のみなさん、おかしかったらどうぞ笑って下さい。でも、そのような社会はどこにでも見出すことができますよ。階級も、人種も、宗教も関係ない。たとえば、例のイギリス人の婦人とは、オリーボスからレティーロに向かう電車に乗り合わせ、全く偶然に知り合ったのだが、夫は、英国空軍のパイロットで、ロンドンで短期間の休暇を楽しんでいる最中、ドイツ軍機の爆撃に遭って亡くなってしまっていた。カロリーヌは、戦後ここにやって来て、サンタ・フェとパラナにブティックを開いた。私とは、最後には夕食に招いてくれる仲となった。こういうことは、こういう結果になるのが常だ。私たちは、コールドミートと、あれば上等のウイスキーで夕食をとったものだった。私は、少しピアノを弾いた。カロリーヌは、エルガーがお気に入りだった。私は、彼女を楽しませるために曲を覚えようとしたが少しも覚えられなかった。それで、カザルスが演奏するコンチェルトが入ったレコードをプレゼントすることにした。弦楽器がはっきりと「ホモ・ホミミ・ルプス（人間は人間にとって狼である）」とささやいているように聞こえるアンダンテのトリルがあるのだ。エルガーかカザルスの洒落だろうか。皆さんはお気づきになっただろうか。カロリーヌは、こぶしで拍子をとり、鼻歌で曲を追いながら、全身で聞き入っていた。リズム感や音感は全くなかったが。ある時刻になると、興奮していた。最初にそれが起きた時は、正直言って少し驚いた。体がこわばり、夢遊病者のような仕草でラジオをつけると、明りを消した。次の瞬間、静寂が訪れ、遥か遠くから、海の底か地球の果てからかのようにBBC放送のビッグベンの鐘の音が聞こえはじめた。その後、それが夫の亡くなった時刻であったと私に話した。鐘の鳴るなかで再び悲しみにくれ、まるで悪魔にとりつかれたようにハンカチを口に嚙み、私の手をしっかりと握り、爆弾が爆発し、轟音を立てて街が倒壊する様を語った。私の手に支えられ体を硬直させていた。恐ろしさのあまり叫びたいようであったが必死にこらえていた。絶望の淵で何か英語で一連の言葉を発しようとしていたが、聞き取れなかった。サーチライトの光に浮かぶ埃と、警報の音、敵機を求めて上空を破砕する対空砲火の地獄の中、かなり長身の、顔は暗がりの中で異常に青ざめて見える一人の男が煙の立ち込めるがれきの中から出てきた。すくなくとも、カロリーヌの目にはそう見えた。パトリック、パット！　うめき声をあげた。そして、パットは、恭しくカロリーヌと私の間に入ってきた。そして、最後の鐘が鳴り終わった。彼女が再び明りをつけると、まだその灰色の瞳の中に狂おしい歓喜の名残があるのが分かった。が、たちまち消えてしまった。ここの若者たちは違う。まったく平然と、何の問題もなく庭に入って来て、いつもの片隅に行く。私の言いたいことがお分かりになるだろうか。彼らは、健康で若く熱い血をもち、あなたたちの自我同様、つまり、自己コントロールのブレーキが完全に焼き焦げてしまった超自我のように、嫌われ痛めつけられた自我のねじれなどというものが全くないのだ。その単細胞の二人は人生を愛し、お互い愛し合っている。ただそれだけだ。彼らは貧しい、しかし、豊かである。そしてもし、地上に幸せがあるならば、彼らは幸せである。あなたたちは何もかも持っている。そして、彼らはその半分さえも持っていない。私にはピアノがあり、モーツァルト、バッハ、ベートーベンも弾ける。家だってある。彼らは、小さな庭の雑草の上で横たわることができる日陰さえあればそれで満足なのである。私は彼らより貧しいということだ。その違いがお分かりになるだろうか。「家の中に招き入れたらどうだ」と無邪気にぺぺが言う。自分の肘掛椅子にすわり、積もった雪を太陽が照らす数枚の絵に見とれている。「私がそう思わなかったとでも」と尋ねてみた。「土曜日、とくに雨降りの夜。私は、少女がずぶ濡れの髪で、水滴で濡れた頬を赤く染めて、はずかしそうに、ややおっかなびっくり雨の中から入ってくるのを想像したとも。教職に就いていた頃弾いたロマンティックなワルツかノクターンを彼らのために少しは奏でてあげることもできただろうに。今だって、機会があればそれらを鍵盤の上でポロンポロンと弾くこともできるよ。退職したからといって指がみんな忘れてしまったわけではない」「それで連中を招いたのか、それとも招かなかったのか」ぺぺが瞬きをする。「そんなことをしたら、彼らのお楽しみを台無しにするというものだ。雨よりも悪い。その上、協定も破棄され、ミステリーも終了ということになってしまうだろう」と私は答える。「窓から敷物ぐらい投げてやることができただろうに」とフリアの夫が言う。妻の方はリビングで女友達と一緒にトランプに興じている。彼女たちのうるさいおしゃべり、トランプを切る音、年とった雌鶏のような笑い声が聞こえる。長い間彼らを見るともなく見る。だめだ、とんでもない連中だ。君たちなんかには、鼻の先の向こうで起きていることなど到底理解できないだろう》

足音が近づくのが聞こえると、男の手がいきなりスイッチに伸びて、明かりが消える。足音は庭の中へ入り、窓の向こうのお気に入りの一角へ移動する。束の間、重苦しい静けさが漂う。その後、愛を囁くのではなく口論するような声が絡み合うようにざわざわと聞こえてくる。男の声が少女の憐れっぽい、か細い声を容赦なく遮る。くいしばった歯と張りつめた筋肉が声にならない怒りとなって、波うちながら彼女を取り巻いていく。怒りは次第に膨らんで罵声となり、遂には忌まわしい言葉とともに平手打ちの音となって爆発する。全身の重みをかけたにちがいない。バシッと物が破裂するような音がして相手の体が壁に向かって投げつけられた。すぐさま、男が大股で遠ざかっていく。平石の上の砂をきしませ、庭の枯れ草の茎を踏みつけながら。

壁にぶつかり押しつぶされた口元から漏れる嗚咽は、棒で叩かれた犬のような悲しげな声となり徐々に静まっていった。スイッチのカチャッという音がすると、再び明かりがつく。すると突然うめき声が止む。怯えて足をばたばたさせる音が聞こえる。膝をついて倒れた体が壁にしがみついて起き上がり、つまずきながら、自らパニックに陥り逃げていく。動転して、枯れたバラの間を通り抜け、体ごと虫食いだらけの木の大門にぶつかる。

《だめだ……》男はベッドに座って目をこすりながら言った。《分からない……》必死に何かを思い出そうとしている。

トロンと濁った眠たげな目で周りを見回すと、一気に起き上がろうとする。だが、再びへたり込んでしまう。それから、屈んで扇風機のスイッチを押す。二、三度瞬きをすると、ケースの中に閉じ込められた扇風機の音が部屋中に広がるのが聞こえる。男は眠りにおちる。胸の上では光の輪が上がったり下がったりしている。

俺たちが人間に戻った夜

ホセ・ルイス・ゴンサレス

栗原　昌子　訳

ホセ・ルイス・ゴンサレス

(José Luis González 1926~1996)

ドミニカ共和国に生まれたが、プエルトリコで作家として活動した。「俺たちが人間に戻った夜」(La noche que volvimos a ser gente)は一九七〇年に書かれ、『マンブルーは戦場へ行った』(*Mambrú se fue a la guerra*)の中に収められた。この作品はニューヨークの生活体験に根ざしている。ユーモアをまじえ軽妙なタッチで大都会の限界的体験を巧みに描いている。

ホアン・サンス・ブルゴスに捧ぐ

俺が覚えているかって言うのか。本当の話を聞きたければこの界隈の誰もが覚えているさ、トロンポロコ〔〝狂った独楽〟の意味〕でさえそのことを忘れていないよ。奴ときたら半月前に母親をどこに埋葬したかさえ言えないのだ。実は君が知らない偶然の事情で俺こそがこの話をする最適任者なんだ。だがその前によく冷えたビールを飲むとしよう。なにせこの地獄のような暑さで記憶が薄れてしまいそうだから。

とりあえず、健康と金に乾杯。そして一物《いちもつ》の力にね。さてあれからもう四年も経った。もし望むなら何月何日かまで教えてやろう、あのできごとを思い出すには今朝君が俺を迎えに来た時、家の中に君が見たあの太鼓腹の子どもの顔を眺めさえすればいいんだ。そう、俺の長男、俺と同じ名前だが、もし娘だったらエストレージャとかルス・マリーアなどという名前をつけなければならなかったろう。それともミラグロス、そうあれはミラグロス〔〝奇跡〟の意味〕だったからね。だが、こういうふうに話をするならば、逆さに、つまり最初からではなく終わりから始めよう。このまま続けさせてくれ。

ところで、その日付に触れるのはやめておこう、すでに君は知っているし君の関心は他にあるからさ。ということで、その日俺は真っ正直なユダヤ人でスペイン語も少し分かるボスに話をしておいたんだ、残業をやらせてくれ、女房の出産の費用が足りなくなりそうだからと。女房は臨月で子どもの籠がいくらとか、産婆にいくらとか。ひまさえあれば金勘定していた。ああ、彼女は自宅で出産するのにこだわっていた、スペイン語を話せない医者や看護婦のいる病院ではいやだと言ってきかないから。それに費用が嵩むだろう。

さて、俺は四時に早番の勤務を終えて、工場の前のイタリア人が経営する軽食堂に下りていった。家に帰って女房が料理を温め直してくれるまでに腹に何か入れておこうというわけさ。とりあえず、ビール一杯飲みながらホットドッグを二個頬張り、朝買っておいたスペイン語の新聞にざっと目を通す。するとその時だ、恋人が中国人と浮気をしたからといって彼女に切りつけたラティーノ〔〝ラテンアメリカ系の男〟を指すスペイン語〕の記事を読んでいる最中、果たして君がそんなことを信じるかどうか分からないが、虫の知らせっていうのかな、つまり、その夜何か大事件が起きるような予感がしたのさ。それが何かとまでは言えないが、俺はまずは信じることだと言いたい。君はラティーノとその恋人と中国人のことと、俺が感じはじめたこととどんな関係があるのだ、と言うだろうからね。感じることは考えることとは違うよね。別のことだよ。さて、そこで新聞を読み終えて残業に就くため急いで工場に戻った。

するともう一人のボスが俺に言った。早番のボスは帰ってしまっていたからね。「何だって、お前さんは百万長者になってプエルトリコにカジノをつくる気かね」そう、冗談だよ。俺もそれにやり返して言ったさ。「いや、カジノならすでにもっていますよ。今、私が造りたいのは工場ですよ」すると俺に言う。「工場って、いったい何の」「煙を製造する工場ですよ」すると俺に「へえ、そうなのか。で、その煙で何をしようというんだ」そこで俺はたいそう真面目くさった顔でこう言った。

「分かりきっているじゃないですか、煙を缶詰にするんですよ！」冗談さ。何故ってこのボスはもう一人よりさらに人がよかったから。しかし、そのほうがいい。つまり、俺たちをいい気持にさせておいて、仕事で俺たちから搾れるだけ搾るのさ。俺が何も知らないと奴は信じて疑わないだろうが、いつか俺は見かけほど馬鹿ではないと言って、分からせてやる。ここにいるこの手の連中は、遠方の見知らぬ土地からやって来たと思われていて、サンド・ペーパーとトイレット・ペーパーの区別もつかないと思っている。なかでも色が浅黒くてチリチリ頭とくればね。

ところでそれは古い話。俺が君にしなければならないのは別の話さ。依然としていまいましい暑さだ。ビールはもうなくなった。同じブランドでいいよね、オーケー。ところで、今言ったようにボスが俺をからかおうとして、俺が喜んでそれに乗った後、俺たちは真面目に働きはじめた。なぜってもちろん、ここではジョークと労働とは両立しない。時は金なり、だからね。組立ラインに乗ってラジオが俺のところに届いた途端、俺は真空管を取り付ける。ガチャン、ガチャン。そう、当時俺がしていたのは真空管を取り付ける作業だった。一台のラジオに二本、両手で一本ずつ。ガチャン、ガチャン。はじめのうち、仕事に慣れていなかった頃、ラジオが俺の前を通り過ぎてしまうことがよくあった。「しまった！」それを追いかけると同時に、次にやって来るラジオに注意しなければならなかったから、気が狂わんばかりだったよ。仕事を終えると全身が思わず動いてしまう舞踏病のようだった。俺の考えでは、この国に酔っ払いやワルが多いのはそのせいだよ。そうだ、そんな状態になるとき身体が要求するのは一杯の酒だ。酒なら何でもかまわない、たいがいラム酒あたりだろう、そうしてだれも慣れっこになってしまう。思うに、女たちは工場の仕事でもっとうまくやっている、彼女たちときたら陰口や噂話、作り話をして楽しんでいるからね。だから酒なんか必要ないのさ。

　そんなわけで俺はしばらくの間真空管を取り付け、馬鹿げたことを考えていた。するとその時ボスが来て俺に言う。「おい、むこうでお前を探しているぞ」俺は彼に訊く。「誰をですか。俺ですか」「当たり前だよ」彼が言う。「ここには同じ名前は二人といないぞ」そして作業が滞らないよう代わりを置いてくれたので、誰が俺を探しているのか見にでかけた。それはトロンポロコで、何があったのかも言わず出し抜けにこう言った。「ねえ、子どもが生まれそうだから家に戻って来いってさ」そうなんだ君、こんな風に出し抜けに。それというのも哀れなトロンポロコは、プエルトリコで子どものとき——死んだ彼の母親が言っていたことには——頭から墜ちてそのショックで脳をやられたらしい。しばらくして俺はこの界隈で彼と知り合ったが、ある時突然、気が狂ったようにふらついてそれが止まらず最後には目が回って床に倒れてしまった。それでそのあだ名が付いたのさ。そうさ、だれも彼を馬鹿にしない、それは彼の母親がとても人がよくて、君が知ってのとおり霊媒師で、たくさんの人を助けても何も見返りも求めなかった。できる範囲で礼をした者もいたが、できなければビタ一文もらわなかった。それでたくさんの人がトロンポロコが食うに事欠かないように気遣っているわけさ。彼は生まれながら父親を知らない孤児で、兄弟もいない。いわば天涯孤独の身の上なんだ。

　さて、トロンポロコがやって来て子どもが生まれそうだと言うので俺は言う。「さあて、どうしたものか」ボスは、作業中の一人ひとりから決して目を離すことがない。様子が気になって近づいてきて俺に訊ねる。「どうしたんだ」そこで俺は言う。「子どもが生まれそうで迎えが来ているんです」するとボスが俺に言う。「なのに何をぐずぐずしているんだ」そのボスもまたユダヤ人で、彼らにとって家族は常に何よりも大事なのさ。その点ではほかのアメリカ人たちとは違う。奴らは親子、兄弟の間で侮辱しあい、何かにつけて口論している。それがこの国の暮らしぶりのせいかどうか俺には分からない。朝から晩までドルを追いかけ、まるでぼろ布でできたウサギに釣られて走らされているドッグレースの犬のようだ。君は見たことがあるかね。疲れ果てたあげくにウサギには追いつけない。もちろん、次の日にまた走らせるために人間は犬に餌をやり面倒をみる、人間も変わりはしない、見てのとおりこの国ではだれもがドッグレースの犬のようになってしまう。

その後、ボスが俺に、何をぐずぐずしているんだ、と訊いたので答える。「大丈夫です。コートを着て地下鉄に乗って、息子が生まれるというのに自分が家にいないなんてことがないようにします」俺はご満悦だったのさ。何故って初めての子なんだよ。君はそれがどういうことか分かるだろう。するとボスは言う。「これまで働いた三十分の残業代を手にするためにタイムカードを押すのを忘れるなよ、これからは物入りだからな」俺は答える。「もちろんです」と、そしてコートをつかんでタイムカードを押し、向こうで唖然とした様子で機械を見ながら立っているトロンポロコに言う。「急げ、トロンポロコ、でないと遅れるぞ！」そして俺たちはエレベーターを待たずに済むよう階段を走り下りて歩道に出た。そこにはまだ仕事帰りの人々がいたため、かなり混雑していた。そこで俺は言う。「畜生！　ラッシュアワーにぶつかった！」おまけにトロンポロコは走るのが嫌いときた。「待ってくれ、兄貴、ちょっと、待って、おいらお菓子を買いたいんだ」そうなんだ、トロンポロコはいつもこうなのさ、まるで赤ん坊だ。彼は簡単な使い走りしかできない。ビルの階段を洗うとか、いずれにせよ、頭を使わなくていい仕事でなければ。もし、計算機を使うのであれば別の人間を探すことだ。そこですぐに彼に言う。「ダメだ、トロンポ、菓子なんか絶対ダメだ。家の近くに着いたらそこで買えばいいじゃないか」すると彼は「やだ、やだ、近所にはおいらの欲しいのはないんだ。ブルックリンでしか買えない」そこで俺は彼に言う。「おい、お前は頭がおかしいよ」すぐに俺は後悔した。なぜならそれはトロンポロコには禁句だったからだ。彼は歩道に立ち止まって、干乾びたチーズよりもかちかちに固まって俺に言う。「ちがう、おいら、頭がおかしくなんかないよ」俺は彼をなだめた。「ちがうよ、なあ、頭がおかしいなんて言わないよ、分からず屋だと言ったんだ、聞き間違いだよ。さあ、菓子は明日買ってあげるから」すると彼は俺に言う。「ほんとに頭がおかしいなんて言わなかったかい」俺は「ほんとだよ」と。すると彼は言う。「明日お菓子二つ買ってくれるよね」なんと、彼は口がすべったことに付け込むことを知っているんだね。思わず笑いそうになって彼に言う。「いいとも、三つでもいいよ」するとまた機嫌のよい顔にもどり俺に言う。「じゃあ、行こう、でもお菓子三つ忘れないでよ」そこでトロンポロコを従えて地下鉄の入口に向かいながら俺は言う。「もちろん三つだ。後でどんなのがいいのか言ってくれ」

そこで俺たちは駆けるように階段を下りると、君も知ってのとおり人でごった返している駅へ入っていった。俺は後をついてくるかどうか、トロンポロコのことが気がかりだった。あの人ごみと押し合いへし合いに怯えていただろうし、彼のことを気遣う者が誰もいなかったからだ。急行電車が着いたので俺は彼の片腕を掴んで言う。「さあ、行くぞ、お前も同じように突っ込め、でないと乗り損なうぞ」すると彼は俺に言う。「大丈夫さ、ドアが開いて降りる人たちが出たら、俺たちは真正面から乗り込んであの大勢の人たちの間で腕も動かせずに挟まっていればいいんだから」そうだ、それもいいだろう。そうなれば手すりにつかまらずに済むから。トロンポロコは少し困ったような顔をしたが、それは彼があの時間帯に地下鉄に乗るのが初めてだったからではないか。しかし俺が傍についていれば問題はなかった。そして俺たちはコロンバス・サークルまで乗り、そこで電車を乗り換えた。家に着くには五番街一一〇番で降りなければならなかったからね。そこでまた俺たちは缶詰のイワシ状態になった。

その間俺は、息子はもう生まれただろうか、女房の具合はどうかなどと考えながら時計の針が進むのを気にしていた。すると突然あることが頭に浮かんだ。そうだ、生まれてくるのは男の子に違いないと思い込んでいるが、ひょっとすると女の子かもしれない。誰だって最初の子には男の子を望むよね。しかし実のところ、それはわれわれ男どものエゴさ。母親にとって最初の子は女の子の方が都合がよいのさ、長女ならそのうちに家事の手伝いをしたり、下の子の面倒をみてくれるからね。そうだ、俺はそんなことを考えていると、気づいていると思うけど、もう自分がいっぱしの父親になっているように思えた。そんな時に、うぇーなんてこった！　電気が消え、電車は徐行しはじめ、駅と駅の間のトンネルの真ん中で止まってしまった。実のところさしあたって誰も驚かなかった。地下鉄で電気が消えるぐらい別に驚くほどのことではないよね。すぐにまた電気が点くだろうと乗客は平然としていた。駅に到着する前に電車が止まることもめずらしいことではない。それで始めのうちは誰も驚かなかった。非常用の電灯が点いて乗客は皆ほっとした。しかしその後時間が経っても電車は一向に動かなかった。そこで俺は考えた。畜生！　なんてついていないんだ。早く着かなければならないのに。だが、それでもまだわずかの時間の問題だと考えていた。分かるかい。そしてさらに三分ほど経過した。するとその時一人の婦人が咳をしはじめた。俺のそばにいた中年のアメリカ人だった。俺は彼女を見た。彼女がこらえきれずに咳をしているのが分かった。そして俺は思った。その咳は風邪ではなく恐怖からだと。そしてさらに一分が経過した。電車は止まったままだった。するとその婦人が、傍らの長身で金髪の逞しいアイルランド人とおぼしき風貌の青年に言った。「ねえあなた、これって変じゃない」彼が言った。「いいえ、ご心配なく、何でもないですよ」しかし、婦人は納得した様子もなく咳を続けた。すると他の乗客たちも窓の外を眺めるようなしぐさをしはじめた。しかし、思うように身動きできないうえに窓の外は暗闇で何も見えなかった。それでね、君、俺も外を見ようとしたんだ。そのせいで首が痛くなり、その痛さたるや、かなり長く続いた。

そうこうするうちに、時間はどんどん過ぎていき、俺の片方の足がひきつり、それが原因でイライラしはじめた。いやそうではない、足がひきつったからではなく、家に着くのが遅れやしまいかと思ったからだ。俺は内心こう考えた〝いや、ここで何か起こったにちがいない。あまりにも長くここに止まったままだ〟手持無沙汰だったので、ああでもないこうでもないと考えはじめると、まさにその時だった。投身自殺のことが頭に浮かんだ。そうさ、それは極めてあり得ることだった。そうだろう、なぜってここにはもう望むべきものが何もなく、エンパイアステート・ビルによじ登り、あのてっぺんから飛び降りる人たちが大勢いる。落下するまでに時間がかかるから道路に着く頃には既に死んでいると思うね。俺にはよく分からないが、よく聞く話さ。あるいは、接近する電車に飛び込む者もいて、後でシャベルで片づけなければならない。ああ、そう、もちろん、エンパイアステート・ビルから飛び降りたのなら吸い取り紙で回収しなければならないだろうがね。いや、本当さ。冗談なんか言っている場合じゃない。要は、だれかが前を行く電車の下に身を投げたということだろう、と思っただけだ。さらにこんなことまで考えた。〝まあ、仕方がない、どうか安らかにお眠り下さい〟なんてね。しかし俺はいらいらした。なぜなら、今度こそ本当に遅れてしまうからだ。女房はこう考えているにちがいない。〝トロンポロコが道に迷ったか、俺がその辺で酔っ払って、家で起きていることなどに無頓着なのだろう〟と。俺は大酒呑みというわけではないが、ときどきはね。君なら分かるだろう。さて、こんな話をしてしまって、もしよければ別の銘柄に替えよう、ただしよく冷えたのに。一気に暑さを吹き飛ばしてくれるようにね。

ああ！　それから……どこまで話したっけ、ああそう、自殺じゃないかと思っていたが、自分には分かるはずはないし、その時突然「がっくん！」という音がすると、電車のドアが開いた。そうさ、まさにそう、トンネルの中。そしてこんなことは正直言って未だかつて見たことがなかった。その時思ったね、〝今度はトラブルに巻き込まれた〟と。すぐにドアの下の方に数人の保線係のような人たちが見えた。制服を着て、手にカンテラのような懐中電灯を持っていたからだ。するとその中の一人が我々に言った。「危険ではありませんから安心してください。押さないで、ゆっくり降りてください」そこで人々は降りてその男に訊きはじめた。「どうしたんだ、何が起きたんだ」と。彼は「皆さんが降りられたらお話ししますから」と言った。俺はトロンポロコの腕を掴んで言った。「聞こえたか、危なくないから。でも俺から離れるなよ」トロンポロコは頷いた。彼は恐怖のあまり声まで出ないのだと俺は思った。何も言わなかったが、今にも目の球が飛び出しそうに思えた。皿のように真ん丸で、暗闇のなかでまるで猫の目のように光っていた。

さて、俺たちが電車から降りたときには車内には誰も残っていなかった。その後、乗客全員が一列に並んでいると、保線係は我々が作っている列を巡りはじめた。大規模な停電が起きて市内全域の電気の供給がストップし、いつ回復するか分からないと説明した。その時、俺のそばで咳込んでいる婦人が保線係に尋ねた。「お伺いしますが、いつ頃ここから出られるのでしょうか」保線係は言った。「もう少し待たないといけませんね。前方に別の車両がつかえているんですよ。全部の車両から一度に出ることができないんです」そこで我々は足止めをくらった。俺は思った。〝何てついていないんだ。よりによって今日これが起きるなんて〟その時トロンポロコがコートの袖を引っ張るのを感じた。彼は、内緒話をするように小声で俺に言う。「ねえ、ねえ、兄貴、オシッコが漏れそうなんだ」考えてもみてくれ！　よりによって。そこで彼に言う。「おい、トロンポ、困った奴だ、我慢してくれよ、ここじゃ無理だってこと分からないのか」と、俺が聞くと「さっきからしたくてもうこれ以上我慢できないよ」と答える。その時、俺は即座に考えはじめた、非常事態だったからね。俺が思いついたのは、保線係のところへ行ってどうしたらよいのか尋ねることだった。俺はトロンポロコに言う。「よし、ちょっとの間ここで待っていろ、ここから動くなよ」そして俺は列を離れ、保線係のところへ行って話をする。「リッスン・ミスター・マイ・フレンド・ワナ・テイク・ア・リーク（Listen mister my wanna take a leak）」つまり、私の友人が小便をしたいのですって。すると保線係は私に言う。「クソッタレ、少しぐらい我慢できないのか」俺は答える。「自分も彼に同じことを言って聞かせたところでして、我慢しろと、しかし、もう我慢できないのです」すると保線係は俺に「分かった、やれるとこでやれ、しかしあまり遠くに行かないように」と言う。そこで俺はトロンポロコのところへ戻って言う。「俺と一緒に裏のほうに来い、どこかいい場所が見つかるかもしれない」そして歩きはじめるが、人々のあの行列が途絶えることはなかった。既にだいぶ歩いたところで彼が再び俺の袖を引っ張ってこう言う。「こんどは本当に、兄貴、もうだめだ」そこで彼に言う。「よし、じゃあ、壁にぴったりくっついて俺の後ろに立て、だが、俺の靴を濡らさないように気をつけろ。そしてゆっくりやれ、聞こえないようにな」しかし、それを言い終わらないうちにあの音が聞こえてきた。さてさて、君は馬がどんなふうにあれを放出するか知っているかね。なんと君、一頭どころかまるで二頭でやっているようだったんだ。俺には、一体どうして膀胱が破裂しなかったか分からない。いや恐ろしいことだ。俺は思った〝なんということか、この男は俺のコートにまではねをかけようとしている〟見ろ、それは短かくて、膝までも届かない。なぜなら俺はいつも流行を追うのが好きだったからね。そしてそのとき、もちろん、その辺にいた乗客たちは気づいていたに違いなかったし、彼等がひそひそ話をしはじめるのを俺は聞いた。そして俺は思った。〝やれやれあたりが暗くて顔を見られなかったのが不幸中の幸いだ。なぜなら、もし、俺たちがプエルトリコ人だと気づいていたならば……〟もうここでの事の次第がどうであったか分かっただろう。俺はそういったことを考えていたが、トロンポロコは未だ用を足し終えていない。なんてことだ、この国で起こることときたら！　君がこのことを話したところで誰も信じてくれまい。やっとのことトロンポロコは放出を終えた、少なくとも俺にはそう思えたね。というのは、放出しているあのすごい音が聞こえなかったからだ、しかし、時間が経っても奴は動かなかった。そこで俺が言う。「どうだ、もう終わったのか」すると答える。「ああ」そこで、俺が言う。「じゃ行こう」するとその時「待ってくれ、おいら、あれを揺すっているところなんだ」そうだ、俺がいらついたのはそこなんだ。俺が彼に言う。「けど、お前のそれはホースかい、いったい何なんだ。もしお前が引き起こした洪水のせいで、ここの人たちにぶん殴られたくなければそっちを歩け」すると事情が分かったのか、こう言った。「分かった、分かった、行こう」

それで俺たちはもといた場所に戻り、そこでさらに三十分ほど待った。俺の周りでは英語の話し声が聞こえて、不平を言ったり、何てこったただとか、嘘じゃないのか、市長が……とか、さあどうだか、などと言っていた。すると、突然遠くの方で誰かがスペイン語でしゃべっているのが聞こえた。「いいさ、どのみち死ぬんだったら地下鉄の中だろうが外だろうが同じことだ。おまけにこんな場合は葬式代は政府が払うのが当然だろうから、この方がいいだろう」そうだ、どこかのプエルトリコ人がおどけているんだろう。だから俺はそいつに「お前の葬式代は動物愛護協会が払ってくれるよ」と言ってやろうと思って、そいつが見えるかどうか、目を凝らした。しかし、あの暗闇のなかでは誰だか分からなかった。それにまずいことにはあの冗談でとんでもないことを思いついたんだ、何もできないまま自分が持ち込んだ心配事や問題をすべて抱え込んでそこに止まっていたんだから、そのとき俺の頭に一体何が浮かんだか分かるかい。想像してみてくれ。保線係は俺たちを騙していて、本当は第三次世界大戦が始まったんじゃないか、と思ったのだから。笑うなよ、そんなことを考えたのは俺だけじゃないと思うよ。そうさ、このあたりに出回っている新聞記事にしてもロシアと中国がどうしたとか、果ては空飛ぶ円盤に乗った火星人のことまで扱っているのだから。ところで、君はなぜこの国にはこんなにたくさん頭のおかしな奴がいるんだと思わないのか。そこのベルビュー病院にも収容しきれなくて、また一つ精神病院を建てなければならなくなると思ってるんだ。

さて、俺がそんな途方もないことを考えていると、保線係たちがやって来て俺たちが外へ出る順番になった、ただし並んで慌てずゆっくりと歩いていくようにと告げた。そして歩きはじめてやっと駅へ着いた、九十六番街の駅だ。そうさ、家からさほど遠くないところさ、しかし、通りを何本も横切らなければならないから近いともいえないが。考えてごらんよ、これが二十八番街あたりで起こったとしたら大変だ。まあ、ともかくも俺たちは駅に着いたので、トロンポロコに言ってやった。「前に進め、ここから外へ出よう」そして小便をひっかけられたアリ塚のようにものすごい数の人間と一緒に階段を上って外に出た。何とありがたいことに真っ暗じゃなかったんだよ。車などの明かりがあったんだよね。でも暗いことは暗かったさ、なぜなら、通りにも建物にも全く明かりが点いていなかったからだ。ポータブル・ラジオを持った奴が通りかかった。俺と同じ方角に歩いていたので、並んで歩くとラジオの言っていることが聞こえはじめた。それはトンネルのあの地下で保線係が言っていたのと同じだったから、例の戦争の心配はそこで消え去ったね。だが別の心配が舞い戻ってきた。女房の出産がらみのことだよ。そこで俺はトロンポロコに言う。「なあ、お前、後はちょっと歩いて行きさえすればいい。どっちが先に着くかやってみようじゃないか」すると「おいらが先だよ、おいらが」と笑いながら答えるのさ。恐怖の時間は過ぎ去ったのだ。

冷え込んできたので足早に歩きはじめた。一〇三番街あたりを通っていたとき、考えたね。家には明かりがないのにどうやって出産するんだろう、なんて。ひょっとして救急車を呼んで女房をどこかの診療所へ運ばなければならなくなったのではないか。それなら俺は女房がどこにいるか分からない、ということだ。なぜって、寝起きの悪い日はついてないってことだ。こんなことを考えて、チャンピオンのように一目散にゴールへ突っ込んだ。一〇三番街から家まで五分もかからなかったと思うよ。すぐに入ってステップも見えないほど暗い階段の手すりをつかんだよ、ああ、ここでい い話が始まるぜ、つまり君が聞きたがっていることだ。なぜって、あの日ニューヨークに君はいなかったからね。そうだろう、オーケー。とりあえずもう一杯頼もうじゃないか。俺が育ったあのサリーナスの砂地よりも喉がからからなんでね。

さて、前にも君に言おうとしたんだがその夜、暗闇のなかでの階段三階跳びの世界記録を更新した。もうトロンポロコが俺についてきているかどうかさえ分からなかった。アパートのドアの前に着いて鍵を手に持ち、目に見えているかのように一発で鍵穴に差し込んだ。そしてドアを開けると、最初に目にしたのは居間に灯された四本のロウソク、そしてそこに座っている数人の近所の人たちが、できる限り声を落としてしゃべりまくっている様子は、まさにおしゃべりオリンピックといったところだ。なんとまあ、それが女どものお気に入りのスポーツだから。それが禁じられるようなことになればフィデル・カストロもびっくりするような大革命が起きかねないだろう。しかし、そうだとしても俺がいきなり入ってきたのを見て、彼女達は驚いて突然口をつぐんだ。俺は「こんばんは」のあいさつもせずにいきなり質問しはじめた。「すみません、女房はどうなりましたか、どこにいますか、運ばれたのですか」すると一人の婦人がすぐに俺に言う。「いいえ、ご主人、奥さんは中にいらしてとても元気ですよ。ここで私たちは言っていたんですよ、初産にしては……」と、ちょうどその時、部屋のなかで息子がけたたましい声を上げはじめたのが聞こえた。そう、まだ息子か娘か知らなかった、ダニエル・サントス〔プエルトリコ生まれの歌手・作曲家（一九一六〜一九九二）〕の全盛期の声より大きかったと言いたいね。そこで例の婦人に俺は言った。「失礼します」部屋に突進し、ドアを開けるとまず見えたのは教会の祭壇と見紛うようなたくさんのロウソクだった。産婆が金だらいやボロやらを持ち込んで忙しく動き回り、女房は寝床でじっと静かに、しかし目はしっかり見開いていた。俺を見ると消え入りそうな声で「あんた、やっと戻ってきてくれたのね。ずっとあんたのことが気がかりだったのよ」考えてもごらんよ、君、出産という大仕事を済ませたばかりなのに俺のことを心配してくれるなんて。そうだ。女というものは時にこういうことをする。だからこそ女たちの馬鹿げた言動も我慢できるし、愛しいんだ、そうだろう。そこで俺が地下鉄で起きたことを説明しようとしたとき、産婆が俺に言った。「ねえ、この子の顔はあなたと瓜二つですよ。ごらんなさい、ほら」

だが、ベッドの中で女房の傍にいたのはあまりに小さくてほとんど見えないほどだった。そこで近づいて、愛しいものを見ようとしたが、パイの皮のように何枚もの布で包まれたものしか見えなかった。そこで見ていると妻は言う。「あんたに似ているでしょう」俺は言う。「そう、かなり似ているようだ」でも心のなかでは、〝違う、これは俺にも誰にも似てやしない、そうだ、生まれたてのネズミみたいだ〟でも生まれたてはだれでもそうなんだ。違うかね。女房は言う。「あんたが願ったように男らしいでしょ」で、俺は何か言おうとして「次にはカップルになるよう女の子になるといいんだが」と、俺の感じている誇りも幸せも気づかれないようにしながら言ったよ、分かるかい。その時、産婆が「お名前は何とつけますか」女房は言う。「じゃあパパと同じではどう。覚えやすいようにね」と冗談を交じえて皮肉った。で、俺は言う。「いいよ、もしそうしたいなら」その時息子はもう泣き止み、建物の上の方から音楽のようなものが聞こえてきた。でもそれはラジオやレコードではなくて、そう、まさに生のバンドのようだった、というのは音楽と同時に笑い声や大勢の話声が聞こえたからだ。

そこで俺は女房に言った。「じゃあ、ちょっと出かけてくるよ。ところであの辺りでパーティでもやっているのかな」すると女房が俺に言う。「そうね。よく分からないけどそうみたいね。ちょっと前からあの騒ぎが聞こえているのよ。たぶん誕生パーティじゃない」そこで俺は言う。「でもそうだろうか、電気も来ていないのにかい」するとそこで産婆が言った。「そうですね、たぶん私たちと同じように、ろうそくを買ってきたのですよ」そしてその時、俺はトロンポロコが居間から俺を呼ぶのを聞いた。「ねえ、ねえ、こっちへ来てよ」ああそうだ、奴は俺より後に着いて、いろいろ調べはじめていたのだ。それで俺は出ていって彼に言う。「どうした」すると彼が言う。「兄貴、あのね、上のほうのルーホ〔米国のヒスパニックなどが話すスペイン語と英語の混ざった言語〝スパングリッシュ〟でルーフのこと〕で素敵なことをやってるんだ」

そう、ルーホ、つまりルーフね。そこで俺が言う。「そうか、じゃあひとつ出かけて行って何をやってるのか見てやろう」俺にはまだ何のことか皆目見当がつかなかったけれど。

　それから俺は階段の手すりを伝って上っていった。屋上に出ると、そこにはこの建物の住民のほぼ全員が集まっているのが分かった。二階に住む未亡人のドニャ・ルーラ、停電になったときには既に喫茶店を閉めて自分の家にいたアグアディア〔プエルトリコ西部の都市〕出身の男チェオ、口の悪い連中によれば仕事もせず、生活保護も受けていない三階の女たち、ここに四人とプエルトリコに七人の息子がいるペンテコステの聖職者ドン・レオ、ピポとドニャ・ルーラの息子たちとドン・レオの息子の一人などだった。そしてこの最後の若者たちがどこから持ち出してきたものやら俺がここで目にしたこともないギターやグイロ〔ヒョウタンの実に刻みをつけて、棒などでこすって音を出す楽器〕、マラカスにティンバレスをもってバンドを組んでいた。そう、カルテットを。そしてそのバンドが演奏していたんだ！　俺が近いてみると、彼等はプレシオーサ〔「麗しき女人」の意味〕を奏で、歌っているのはピポだった。君も知ってのとおり彼は独立運動論者〔プエルトリコはアメリカの自治連邦区〕で、〝プレシオーサ、プレシオーサ、自由の子らが君を呼んでいる〟というところになるや、いっそう声を張り上げたのでモロビス〔プエルトリコ北部の都市〕あたりまで聞こえたと思うよ。そこで俺はそこにいる連中を端から端まで見回し、歌を聴きながら立ち止まった。折しも三階の娘の一人、たしかミルタという名前のぽっちゃりした娘が俺のそばにやって来て、「ねえ、上ってきてよかったわね」と言った。「こっちに来て。お酒をごちそうするわ」酒のビンと椅子の上には紙コップが二、三個置いてあった。俺のいるところからはよく見えなかったので、俺はバカルディかドン・クか分からなかったが、すぐその子に言った。「せっかくだから喜んでごちそうになるよ」彼女がラム酒を注いでくれたので、俺は尋ねた「ねえ、これ何のパーティーなの」その時、未亡人のドニャ・ルーラが来て言った「おや、あんたは気がつかないのかい」俺は両脇をきょろきょろ見回した。ドニャ・ルーラは「そうじゃないったら、バカねえ、そこじゃないの、上を見て」顔を上げてみると、「何か見えない」と聞いてきた。俺は「月だ」彼女が「他には」と尋ね、俺は「星だ」と答えた。もう何も言わなかった。まさしく俺はそこで悟ったよ。ドニャ・ルーラも俺の顔をみて理解したと思うよ。女は俺が目を覚まさないようにじっとしているみたいだった。君が信じるかどうか分からないが、まるで夢の世界だった。大きな月が出ている。金でできているように黄金色だった。空では隅から隅まで世界中のホタルが高みに上り詰め、果てしない空間でゆっくりとくつろいでいるようだった。プエルトリコなら一年中いつでも見られる夜の光景と同じようだ。空を見られないまま長い年月が過ぎた。その奇跡に見とれて、どれほどの時間が経ったのか知らずに過ごしていると、ドニャ・ルーラが話かけるのが聞こえた。「ねえ、私たちだけが祝っているのではなさそうね」それは本当だった。この辺りのどれくらいの数の屋上であの夜を祝っていたかは分からないが、屋上でパーティーがあったのは確かだ。われわれのバンドが音楽を止めると、よその屋上からの音楽が聞こえたからだ。その時、俺はいろいろなことを考えた。生まれたばかりの息子、ここでの彼のこれからの人生、プエルトリコのこと、年寄りたちのこと、ひとえに生活のためやむなく捨ててきたさまざまな事を思い、もう忘れてしまったあれやこれやに思いを馳せた。君も分かるよね。心が黒板なら、時は黒板消しのようなものだ。心がいっぱいになるとそこに書かれたものを消していく。でも、いつまでも記憶にとどめておきたいと思うことは、あの時俺がドニャ・ルーラに言ったことだ。それはね、口べたな俺が言うとすれば、あの夜こそまさに俺たちが人間に戻ることができた夜だったということさ。

リナーレス夫妻に会う前に

アルフレド・ブライス・エチェニケ

相良勝訳

アルフレド・ブライス・エチェニケ
（Alfredo Bryce Echenique 1939～）

ペルーの作家。ブーム後の最有力作家の一人。『リナレス夫妻と会う前に』（Antes de la cita con los Linares）は一九六七年に書かれた、『は、は楽しいね』（*La felicidad ja ja*, 1974）の一編。短篇集のタイトルは流行歌からとっている。

「違います、違うんです、精神科医の先生。ぼくのことを分かっていただけませんね。そういう問題ではないんです、精神科医の先生。むしろ不眠症とか奇妙な、すごくへんてこりんな夢……」

「悪夢のことだな」

「話の腰を折らないでください、精神科医の先生。すごくへんてこりんな夢なんですが、悪夢ではありません。悪夢はぞっとしますけどその夢は怖くはないんです、確かにちょっと怖い。でもそれは、むしろ寝る前のこと。眠り込むと、夢を見るんです。先生が悪夢と呼ぶそれです、精神科医の先生。でも、お話したとおり悪夢ではありません。ぞっとする夢ではなく、むしろおかしいんです。そうだ、そのとおりです。つまりおかしい夢です、精神科医の先生……」

「セバスチャン、私を精神科医の先生と呼ばないでくれないかなあ。そういう呼び方は、私をセニョール・ミスター・フアン・ルナと敬称をダブらせて呼んでいるようなものなんだが。君がそれで済むんだったら先生とかフアンとかにしてもらいたいね」

「わかりました、精神科医の先生。本当におかしな夢なんです。ぼくの一番年上の叔母がトランクスをはいていたり、おばあちゃんがキックボードに乗っていたり、そして今夜はたぶん先生がウンコをしている夢です、精神科医の先生。精神科医という言葉がどうしても頭から離れません、精神科医の……先生……ぼくは先生を見ています、もう先生のことが見えています。ちょうど今ウン……」

「さあ、さあ、セバスチャン。頭を少し整理してみよう。少し心を落ち着けて本題に入るとしよう。話を戻して旅の初めから順序立てて始めてみなさい」

「はい、精神科医の先生、ウンコをしている最中ですね」

「前にも言ったようにこういうカフェは診察にはふさわしい場所じゃないね。人が入ってくるたびに君は絶えずあっちこっちと視線が定まらない。私の診察室で診るべきだった」

「ダメ、ダメ、それはダメです。診察室で診てもらうなんて絶対ダメです。この件をそんなにまともに考えないでください。いいですか、診察室で精神科医に診てもらうというだけで、ぼくの言ったことが狂っているんじゃないかと思って恐ろしくなるんです。ここのカフェなら何もかもたいしたことがないように思えますし、ここでは先生がブラインドを閉めたり、ぼくをソファに寝かせたりできません。コーヒーを飲みながらですから、精神科医の先生。先生が治して下さらないのなら、精神科医の先生、すみません、こうお呼びするのが止められないのです。もし先生が治して下さらないのなら、ウンコをしている先生の姿を見ているほうがましだと思います。罰当たりですよね。まあ、そうなんです。すべてがこんな話なんです。この間、例えばの話ですがおもしろい人たちが出てくる夢を見たんです。この間のことなんですが、大軍団がどこかの国を侵略しようとしていました、どこの国かは分かりませんが、どこでもかまわないんです。まさに到着しようとするときにぼくのおばあちゃんのように全員がキックボードに乗り、カーニバルのようにバケツで水を掛け合いはじめたんです。夢の中でリオのカーニバルが始まり、ぼくは上機嫌で目が覚めたのです……一つだけ残念だったのは、それがまだ朝の五時だったということです……お分かりのように、とても悪夢とはいえません……」

「もう少し整理してみよう、セバスチャン。君がパリを出発したときから始めてもらおうか」


彼は旅の三日前にはスーツケースを用意し終えていた。というのも慎重で偏執狂的なところがあり、きちょうめんな性格だったからだ。どちらかといえば貧しい学生だったので、夏の三か月間カルチェラタンの自分の部屋を貸した。スペインで夏を過ごそうと心に決めていた。かの地には友達もいるし、彼自身ドン・キホーテを崇拝していて、さらにエル・ヴィティ〔スペイン・サラマンカ出身の闘牛士（一九三八ー）。リズミカルかつ大胆な闘牛スタイルで一九六〇ー七〇年代絶大なる人気を獲得。一九七八年引退〕の闘牛も見たかったからだ。そのほか、あちらで起こるだろう諸々のことに心躍らせてのことだ。


夏休みに論文を準備したい、とやって来るスペイン人に部屋を貸した。取り決めの二日前に彼が到着してしまったのでいっしょに寝ることになった。二人で話をした。スペイン人はまだ彼のことをよく知らないから、たいしたことには立ち入らず、通り一遍のことをしゃべった。

「君が六キロ痩せたというのなら、あっちに行けばすぐに取り戻せるよ、あっちは食い物もうまいし、安いからね」

「ぼくは列車が嫌いなんでね。早いとこバルセロナに着きたいんだ」

「まさか！　この時期の列車の旅ほど楽しいものはないよ。今に分かるさ。つまり、数人のスウェーデン娘やドイツ娘と一緒になるようなことがあってごらん。そうなれば君はスペイン語が話せるから、このチャンスを利用するなんてお茶の子さいさい、休暇で帰省するスペインからの出稼ぎの人たちと一緒ならパンやワイン、チョリソにトランジスター・ラジオで盛り上がり、あっと言う間に旅は終わるよ。どっちにしても損はないね」

スペイン人はこのむかつく列車の旅に付き合うことはなかった。セバスチャンは列車なるものを毛嫌いしていた。そしてその日は夜が明けきらないうちに起きた。二等に予約した自分の席を確かめ、その席に誰も座らせないためだ。さらに偏執狂的なところがあるので、その列車の運転手が彼を憎むあまり、その日だけ決められた発車時刻の前に嫌がらせで出発するのでは、と思い込んでいた。列車にいの一番に乗り込んだ。座席に座り荷物を置いたのも彼が最初だった。三分経っても車内はからっぽのまま。セバスチャンは立ち上がって下車し、この列車に同じ番号の違う車両がないかどうか確かめはじめた。戻るときは同じ番号の座席があるのでは、と見て回った。ただし座席の方は走りながら確かめた。誰かがもう自分の座席に座っているかもしれないと思ったからだ。そうなれば駅員を探しに行くのに時間がかかるし、駅員が不法に座っているやつを追い出すために言い争いになるかもしれない。誰も座っていなかった。彼の座席は空いたままだった。セバスチャンは真ん中の自分の席に毒づいた。窓側ではなく真ん中に座るとなれば、映画館の中でのように、二つの肘掛のうち、どちらに自分の肘を置けばいいのか分からない。それがコンパートメントの中でのもめ事の原因となるかもしれないのだ。しかしそういうことにはならないだろう。なぜなら間もなく二人のアンダルシア出身の出稼ぎの男がやって来る。彼をいれて男三人、ワインとチョリソとトランジスター・ラジオ。そしてその後に三人のスウェーデン娘、三人対三人だ。長い足、ブロンドの髪、マラガのどこかの海岸で死ぬほど日に焼けようとする意気込みだ。彼はイングマル・ベルイマンについて話はじめる。スペイン人はワインを勧める。全員で十分ほど話す。しかし三十分もすると彼は結婚したいと思う一人のスウェーデン娘とだけ話している。もうぼくは国には帰らない、彼女とずっとストックホルムに住むことになるのだ、だがそうなるとあの優しいバスクの娘はどうしよう。ギプスコアの山の中で田舎暮らしをさせるつもりだったのかもしれない。まさしく一編の詩だ。

それと彼を闘牛に連れて行った美しいアンダルシア娘、ソレダーの大きな黒い二つの瞳はどうなる。エル・ヴィティが仕留めた牛を二人に捧げている間、感情をたかぶらせて彼に愛を打ち明けた彼女とも二股はかけられない。それにサンティアゴ・マルティン・エル・ヴィティのあの勝ち誇った姿はどうなるのだ。彼には何だって起こるはずだった、でもそれは以前のこと、昔の話。この後は勉学のためにパリに戻ることになるだろうから。

五人の女がロサリオを取り出して祈りはじめた。五人の女。列車が発車するとすぐに、五人の女はロサリオを取り出して祈りはじめた。彼女たちを撃ち殺そうにも彼はリバルバーを持っていなかったし、彼女たちを憎むこともできなかった。極めて清純な五人の尼僧。それにコンパートメントに入るとき、挨拶してくれた。こうして国境まで八時間続く旅が始まった。国境まで毎時六十分、国境まで八千時間。そして五人の尼僧は国境まで身じろぎせずに旅を続けるだろう。そうなると、国境まで小便を我慢するにはどうすればいいのだ、と彼は思った。彼とドアの間に一人の清らかな尼さんがいるのだ。もしかすると彼のために祈っているかもしれない尼さんに「ちょっとすみません。トイレに行きたいのですが」とは言えなかった。両方の肘とも肘掛に乗せることもできなかったし、本を読むこともできなかった。ポケットに入っている「サド侯爵」をどうやって彼女たちの前で読むことができるだろう。彼のスーツケースの上にスーツケースを乗せた尼さんに「ちょっとすみません。ぼくのスーツケースの上にあるあなたのスーツケースをどけていただけませんか。中に入っている本を探したいのですが」と、どうして言えるだろうか。尼僧に挟まれて居心地悪く地獄にいるような思いをしていた。「お願いです、マリア様の肖像画を一枚ください」と言おうと思ったその時、とてつもない馬鹿げたイメージが彼の頭をよぎった。黒豆を数えている尼僧たち、続いて、キックボードに乗って国境を行く尼僧たちの姿。それから、そういう考えを頭から取り払うように身震いした。腎臓の中で液体が動くのを感じとり、小便がしたいということがはっきり分かった。いよいよ国境までの我慢が始まった。


「ぼくが眠っていたのは、精神科医の先生、三十分も眠っていなかったはずですが、精神科医の先生、それは確かです。書いておいてください。それが奇妙な夢を見た最初だったからです。おかしな夢でした。キックボードに乗った尼さんたちが戦場で、顔に豆粒をぶつけ合っていました。ぼくの目に豆が落ちてきたので目を覚ますことになったと思うのです」

「それが最初だったのは確かかね、セバスチャン」

「はい、そうです、確かです。間違いなく確かです。二度目はイルン駅のベンチでバルセロナ行きの列車を待ちながらウトウトしていたときです。土砂降りで両足ともずぶ濡れになりました。それで忌々しい風邪をひいたのです、くそったれの雨のせいで」

「それで修道女たちはどうなった」

「尼さんたちはマドリッド行きの別の列車に乗りました。ぼくはスーツケースを運んで乗せるのを手伝いました。彼女たちがどんなに感謝したことか、先生に分かってもらえたらな、と思います。別れるときは泣きそうになり、しまいには、両の目が涙であふれそうになりました。彼女たちはロサリオと共に去っていきました……心身清浄そのものでした……イルン駅でぼくが出した小便の量がどれほど凄まじかったか、もし、先生が見たら……」

「イルン駅での夢は列車の夢と同じかね」

「そうです、精神科医の先生。まったく、寸分の違いもありません。ただ最後のところは、別の列車にキックボードを運ぶのをぼくが手伝いました。バルセロナに向かう列車の中では、だいたいのところ同じ夢でした。その時もスウェーデン娘とアンダルシアの出稼ぎの人たちがいましたが、我々はあえて彼女たちに話しかけようとはしませんでした。だって、ロサリオを繰りながら祈っている尼さんの目の前で、スウェーデン娘をナンパするなんてできませんでした」

七月二十七日の夜、彼はバルセロナに着いた。雨が降っていた。列車から降りて時計を見ると夜の十一時だったので、野宿を覚悟した。駅舎をでるとペンションやホステルやユースホステルの看板が次々と目についた。四軒目のペンションの入り口で「あいにく満室です」と独りごちたが、彼は勇気を奮い起こして目に入ってきた五軒目のペンションの階段を駆け上がった。無くしてしまったか、と思ったパスポートがペンションに入る前に出てきたので、カウンターらしきところへ突進した。そこにいた受付の男は彼を密輸業者と勘違いしたかもしれない。彼は、バルセロナでリナーレス夫妻と会う約束があり、ひどい風邪をひいているので今夜はぐっすりと眠る必要がある、一部屋、数日泊めてもらいたい、とひざまづかんばかりに頼んだ。受付の男は、自分はこのペンションのオーナーで、ペンションの部屋と食堂のテーブルはすべて自分のものだ、と彼に話した後で、あなたに用意できる部屋は一つもない、一つだけ二人用の部屋があるだけだ、と言った。セバスチャンは世界中のペンションを相手に不平不満をくどくどと並べ立てはじめた。外国から来た学生である自分を、長旅で疲れ、風邪引きで病んでいる自分を、一度無くしてしまってまた見つけたものではあるが正式なパスポートを所持している自分を、安らぎと太陽とドン・キホーテを求めてやって来た自分を、そんな自分を雨で迎え、悪天候の中で眠らざるをえなくするとは、なんたることかと。「お静かに、落ち着いてください、お客さん」とオーナー兼フロント係は言った。「やけを起こさずに、私の言うことを終わりまで聞いてください。外のペンションに電話して部屋を見つけてあげますから」しかし、このとき誰かが階段を上ってきた。その力強く、楽天的で、毅然とした階段の足音で、別のペンションの電話番号をダイアルしようとしていたオーナー兼フロント係は手を止め、セバスチャンは受付のドアへ視線を向けた。そこに男が立ち止まったとき、二人は拍手を送らんばかりだった。その男が世界中の若者の美徳を全て兼ね備えていたからだ。健康で、健康そのものので、彼が笑顔を見せるとセバスチャンはその歯の一本一本に書かれた文字をはっきりと読み取った。「毎日歯を磨きます、日に三度」馬鹿でかいハーフブーツを履いていて、その靴底はトラクターのタイヤ製。それは、なだめすかされてもセバスチャンは到底足を突っ込む気にはならない、突っ込んだら最後、二度と足は戻ってこないような代物だった。その上オリーブグリーンのびっくりするほど大きなリュックサックを背負い、頼まれれば、その中からキャンプ用のテントを一張り取り出してペンションの食堂であろうとどこであろうと、ぴったり三分半で組み立てそうな気配だった。年は二十四歳に満たず、短パンをはき、ミリタリーシャツを着ていた。金髪で赤ら顔、足はカールした金色の毛で覆われ、セバスチャンに劣等感を抱かせるほどのたくましい大男だった。

男は敬礼をして話し出した。

「部屋はありますか《ハーベン・ズィー・アイン・ツィンマー》」

オーナー兼フロント係がからかうようにニヤリとして言った。「ございません《ナイン》」しかし、その時、セバスチャンはこのトール神〔古代ゲルマン人の神。非情に力の強い大男で神々第一の勇者〕と自分はその晩、ツインの部屋にいっしょに泊まってもいい、と決めた。素晴らしい考えだった。なぜなら、オーナー兼フロント係は、それでいい、と言ってくれたからだ。そして彼らに身分証明書を見せるよう求め、そこにある宿泊者名簿に記入するようにと言った。セバスチャンは自分の鉛筆が見つからなかった。するとトールがにっこりして、二本差し出したので、セバスチャンは満面に笑みを浮かべて応じなければならなくなった。トールがリュックで運んできたテントから地図を取り出したら、自分の国が正確にはどこにあるのか教えてやろう、と一人心の中で決めざるを得なかった。ひょっとすると興味津々でトールは明日、そこまで歩いていくかもしれない。

彼はトールではなくジグフリードという名前だった。セバスチャンはすでに肺炎を患っていた。トールに差し出した手は木っ端微塵《みじん》に砕けるほどきつく握られたので、左手で自分のスーツケースを持ち、ばかでかい体に連なって、かなり上等な、シャワーやその他諸々の設備が付いている部屋まで行った。セバスチャンはパジャマに袖を通しながら三回くしゃみをした。すると、二、三分後、トールが裸で冷たいシャワーの中に入り込むのが見えた。その後で、歌声が聞こえ、壁か自分のバイキングのような胸板なのか分からないが、何かをたたいているような音がした。セバスチャンは毛布でしっかり体を覆うことにした。その晩、肺炎で死んでしまいそうになっていたからだ。「タラ、ララララララ、タラ、ララララララ、ホアニート、パナノ、ホアニート、パナノ……」

「間違いありません、精神科医の先生。彼は背中にリュックを背負い、治安上危険な、市民の足に危害を及ぼすような靴を履いて世界を回ってきたに違いありません。そしてその上、ロシア海軍合唱団のような声で歌いながら冷たいシャワーも浴びることができたのです、水しか出なかったのに。蛇口をひねったときにも、彼の声の調子はちっとも変わりませんでしたからね。本当にまったく。何事もないかのように歌い続けていました。ぼくの方は、そこで寒くて死にそうで、肺炎を患って寝ていました」

「セバスチャン、ちょっと大げさじゃないかね。ちょっとした風邪が数分で肺炎になるなんてありえないよ。疲れて気がめいって具合が悪かったんだな」

「そう、まさにそのとおりです、精神科医の先生。ちょっと前からそうなんです。先生が見えはじめたんです、先生がウン……」

「カフェなんかで会うことにしたのが間違いだったと君に言ったじゃないか。入ってくる人たちをしきりに振り返って見ている」

「違います、精神科医の先生。そうではありません。ぼくが頭をあちこち激しく振り動かしているのは、先生の姿をぼくの頭から消し去るためなんです、先生がウン……」

「聞きなさい、セバスチャン」

「聞いてください、精神科医の先生。そんな格好をぼくに見られたからといって落ち込まないでください。トールのようなやつのせいで、風邪が一瞬にして肺炎になってしまうことが、もし、理解できないようでしたら、踏ん張っている先生の姿がずっと見えてるほうがまだましですからね、精神科医の先生」

「……」

「お分かりにならないんですか。彼が何事もなかったように世界を回ってきたんだということが、想像できないんですか。背中にテントを背負ったあの男を。裸になって冷たいシャワーを浴びて赤くなり、睡眠薬も飲まず、何の問題もなく、また世界巡りの旅を始めるのに必要な時間だけ眠ろうと支度をしているあの男を」

「結局どうなったんだね、セバスチャン」

「ひどいもんでした、先生。どうしようもない夜でした。彼はすぐに眠ってしまいました。ぼくに気を遣ったのか、いびきはかきませんでした。いびきをかきはじめるだろうと思って、何時間か待ちました。でも無駄でした。まったくいびきをかかないんです。子どものように眠っていました。ぼくはというと、汗で全身びっしょり、体温計が欲しい、と大声で頼みました。あんなに大汗をかいたことはありません。喉が焼け付くようでした！　ペニシリンの錠剤がのどに詰まるし、小瓶に入っていたのを全部飲んでしまったので、副作用は起きるし、ひどいもんでした、精神科医の先生。トールは夜明けに起きだし、ひげをそり歯を磨き、新たな世界を回る旅に出発しました。徒歩で、です、精神科医の先生。歩いて世界を回るんです。彼はぼくを起こさないよう物音を立てませんでした。ぼくのほうは未だ寝つけずにいました。もう汗は止まっていました。でも、ベッドの中はぐっしょりで冷たくなっていて、大量のペニシリンのせいで吐き気がしていました。トールは完璧でした、精神科医の先生。元気はつらつでした。そしてぼくはどうしてだか分からないのですが体を動かしてしまったのです。すると彼は、ぼくが眠っていないことに気づいて、出発する前にベッドに近づいてきて別れの挨拶をするんです。ドイツ語で何か言いました。ぼくはむかついてはいましたが、にこやかにほほ笑まざるをえませんでした。毛布の中から湿った腕を出して彼に譲り渡してやりました、世界巡りに連れて行ってくれとね。そこで彼は絞め殺すように手をぎゅっと握ったんです、精神科医の先生」

「彼が行ってしまった後も、眠れなかったのかね」

「いいえ、精神科医の先生。眠れましたがほんの少しの間だけ。おかしな夢をまた見はじめるにはそれで十分でした。あの夢は信じ難いものでした。なぜって言葉までもが出てきて、夢が俄然《がぜん》急におもしろくなったんですから。そう、そう、〝犠牲《ホロコースト》〟という言葉です。オーナー兼フロント係とぼくがトールに犠牲を捧げていて、そこはペンションの入り口で、ぼくたち二人が子羊を捧げていて、もう一人、トールは何度も『部屋はありますか《ハーベン・ズィー・アイン・ツィンマー》』と言ってるんです。そして番号がついたシャツのポケットからペニシリンの錠剤を取り出し、ぼくにくれはじめるんです」


その日は日曜日で約束の日まで後二日だった。セバスチャンは食堂に行き食欲はなかったが朝食をとった。それまで何度も吐いていた。しかし人並みに朝食をとることで一日を始め、そうすることでまた、人並みの気分になるほうがよいと思った。また、人並みの気分になることが必要だった。

天気は上々で、午後は闘牛に行くつもりだった。とりあえず海の近くを歩き回り港に行ってみた。気分がよくなったようだ。ペニシリンでひどい風邪から救われ、吐いたせいでペニシリンから救われたように思った。気分がよかった。楽天的になった。港のほうに歩いて行き、静かで穏やかな空気を味わい、日の光をうけて明るくなった周りの雰囲気を楽しみはじめた。それまでトールと呼んでいたジグフリードのことを考えると笑みがこぼれ、スペインの道を幸せそうに歩き回っている彼の姿が目に浮かんだ。港では何人かのグループに加わり、いっしょに二隻の軍艦の真下まで歩いた。二隻はアメリカの軍艦で彼の前に停泊していた。セバスチャンはそれをじっと見ていた。どんな種類の船なのか分からなかったが、それを〝駆逐艦〟と呼んだ。その船の大砲が〝これは〟と狙ったものは何でも破壊できそうだったからだ。人々は列をつくって〝駆逐艦〟に乗ると見物して歩いた。水兵たちは甲板を動き回っていた。セバスチャンは小さくかすんで見える彼らを下から見ていた。そのとき、自分を見ている水兵たちから小さく見られないようにそこを離れることにした。〝駆逐艦〟は巨大な戦艦で、セバスチャンはもうその船のことを忘れはじめていたが、そのときカラベラ船〔十五～十六世紀ごろスペイン・ポルトガルで用いられた三本マストの快速小型帆船〕が彼の目に飛び込んできた。

〝駆逐艦〟から三百メートルもこちら側に、真新しい、見事な帆船が錨《いかり》を下ろして浮かんでいた。紛れもなくカラベラ船だった。セバスチャンはぼけっとして思考停止の状態に陥ってしまった。朝食の後で感じた気分になりたかったが、もはやそうはいかなかった。今は手が凍えていた。もう人並みにバルセロナをぶらぶらと歩き回ることはできなかったし、一体どうなっているのだか説明もつかなかった。それは多分彼のせいなんかではなく、現実に強いられたのだろう。彼の頭にある理論が浮かんで離れなくなった。それを精神科の医者に説明することは大切だっただろう、理解するのに役立つかもしれない。だが無理だった。今言ったように、頭がまともに回転しないのだ。「さあ、そこに横になって」なんて言われたり、診察室のブラインドが下ろされたりしかねない。それは絶対いやだ。

そのカラベラ船は、まるでたらいの中のおもちゃの船みたいに浮かんでいたが、本当に大きくて、ピカピカに塗装されていた。セバスチャンはその場を抜け出し、百メートルちょっと先の「ツバメ号《ゴロンドリーナ》」のところまで行った。船はそう呼ばれていて、三十分おきに観光客を乗せ、港からそう遠くないところを遊覧している数隻の白い船だった。その場で切符を売っていて、次の船が出港するまで乗船して待っていても、カフェテリアに座って待っていてもよかった。彼は切符を買わずにカフェテリアに入り、精神科の医者であろうが誰であろうが、話しておきたいと思うことのあれやこれやを整理しておくことにした。

だが、遺憾ながらできなかった。というのは、テーブルに着くと例のいろいろな高さのことを思い出したのだ。それに気を取られているまさにその時、靴が汚れていますよ、と言いながら一人の男が近づいてきた。かがみ込まれるのは迷惑だったので、「いいよ、自分でやるから」と言った。しかし、確かに汚れていた。すぐにでも始めようと男はいつまでも横にへばりついていた。話を打ち切るために頭と指でオッケーの合図を出した。そして男がかがみ込んだので、いろいろな高さがここに全て揃った。下のほうでは足をつかんでいる者がいる、上では駆逐艦の乗員たちが、カウンター前のスツールに陣取ってビールを飲んでは次々と追加を注文していた。彼も注文を聞かれたので「ぼくにもビールを一杯」と言った。ボーイもまた別の高さのところにいた。

その後で、靴磨きの男には顔面がないな、と思った。顔は確かにある、でも、顔面が無いのだ。確かめようとしてしゃがんでみると、頭を左右に振るたびに揺れ動くなでつけたまっすぐな髪と、ありきたりの額だけ。まったく顔面はない、顔面はないのだ。そっと平手打ちをするように、片方の手からもう一方の手へシュッ、シュッとブラシを完璧に動かすことに夢中になっている。どんどんスピードを上げて、輝くようにつやを出して磨き上げる。その器用な腕前とテクニックは、ほとんどアートであり彼は芸術家だった。いやいや、そうではない。そんな大それたことではない。ただひざまづいてシュッ、シュッ、それだけのことだ。小型の「ツバメ号《ゴロンドリーナ》」は相変わらず三十分ごとに出航していた。旅行客を満載して、海を、港からそう遠くないところをぐるっと回り続けていた。

靴磨きは、片方の靴にひびが入っている、と言った。そのことはとっくに知っていたので、見もしなかった。すると顔面のない男は、たいしたことはない、手入れしておきましたよ、靴は大丈夫です、靴一足助かりましたね、と言った。そこでセバスチャンが見てみると、ひびは今までどおりそこにあった。今はただ光っているだけだった。視線を外して礼を言わざるを得なかった。何度も礼を言わざるを得なかった。タバコに火をつけて、大口開けてビールをグイッと飲まざるを得なかった。カウンターに目をやってまたもやいろいろな高さについて思いを巡らし、大枚はたいて買った愛用の靴の話をせざるを得なかった。チップのことも考えなければならない。部屋を貸してやったあのスペイン人だったら、チップについて何と言っただろう、リナーレス夫妻は靴磨きについてどう思うだろうと考えた。小銭はいくら持っていたっけ。やわらなか平手打ちのように、まるで愛撫するように、シュッ、シュッ、シュッ。気前のよさって、どういうこと。

それでも午後、闘牛へ行った。

「まったく最低の闘牛でした、精神科医の先生。先生には想像もできないと思いますよ。まったく最悪のできでした。雨は降るし、ひどいものでした。本物のアメリカの水兵、紛れもない観光客。スペイン人はほんのちょこっと。そしてみんながみんな怒り狂って闘牛士を罵倒していました。でも、さじを投げました、精神科医の先生。あきらめて相手にしないことにしてしまったんです、精神科医の先生。ばかにしたり、あざ笑ったり、大声で笑い飛ばし、クッションを投げ飛ばしたり。でも、かわいそうなスウェーデン娘が一人だけ耐え忍んでいました。彼女は牛たちが流す血に耐えられず、顔を覆って、牛があっちこっちを角で引っ掛けるのを見て、泣いていました。彼女と結婚する男がいたのです、精神科医の先生。彼女は恋人の肩の上で泣いていました、精神科医の先生。トールのような大男の首に隠れていました、精神科医の先生。男はトールのような大男でしたが、彼ほど健康そうではなかったですね」

「ほかにも夢を見たかね、セバスチャン」

「そんなには見ませんでした、精神科医の先生。たいしたことはなかったです。闘牛の夢だけですね。それが変なんです、スウェーデン娘の恋人だった大男は、トールであってトールではないんです……。そうなんです、精神科医の先生。トールであってトールでない。と言うのは、後でトールがエジプトのペンションに着いて『部屋はありますか《ハーベン・ズィー・アイン・ツィンマー》』と尋ねているのを見たからです。でも、それはずっと後のことだったに違いないのですが、実際のところよく覚えていないんです。唯一覚えているのは、闘牛場がゆっくりと揺れはじめて肝を冷やしたことです。水の上に浮かんでもいるかのように揺れ動いていました。恐怖心が消えたのは、水兵たちのあごのリズムがスタンド席に伝わっているのだ、ということが分かってからです。アメリカ人だったのです、精神科医の先生。そろってチューインガムを噛んでいたんです……。楽しそうでした……」

　彼はトランプ遊びは好きではなかった。独り遊びができなかった。しかし、独り遊びに興じる人がどう感じているかについては、話すことができると思っている。リナーレス夫妻と会う約束の前の日の、その朝、自分がしたことでそう思うのだ。

朝九時にペンションで人並みに朝食をとった。次いでフロントに陣取って、オーナー兼フロント係と話をし、海辺への散策はやめにして昼の十一時までタバコをふかしていた。そうこうするうちにある思いに取り付かれた。本当に約束の日に間違いがないと言えるか。七月三十日の火曜日、午後一時にと約束したのだが、一か月以上も前のことだ。それからだいぶ日にちが経っているので一日くらい間違うことはよくあるのでは。おまけにバルセロナを知らないことが気がかりだった。それにもし道を間違え、時間に遅れて着いたりしたらどうしよう、あるいは道に迷って大幅に遅れたら、夫妻が待ちくたびれて帰ろうとするのではないか、と気が気ではなくなってきた。彼はペンションの階段を駆け下り、グラシア通りとアラゴン通りとの角にあるカフェ・テルミヌスを探しに通りをダッシュしはじめた。市街地図を広げながら進んでいくと、今や地図が風に飛ばされそうになり体にへばりつき、足の間にまつわりついてひどく腹立たしい。「ここを右に、ここを左に」と独り言。まるでもう決して辿り着けそうにないくそったれなカフェで、リナーレス夫妻が彼を待ち構えているように思えた。太陽ジリジリ、熱気ムンムン、風ビュービュー。苦労して広げた市街地図は、もう二度ときちんと折りたためないほどのでかい代物だ。こいつが間違っているとか、時代遅れのものだったりとか、そんなことだってあり得る。だめだ、もうだめだ。この世で一番暑いその街角で立ち止まる。そこにはアイスクリーム売りの姿さえ見えない。そう、彼は二度とリナーレス夫妻には会えないだろう。

だからと言ってそこにいる警官に尋ねるわけにもいかない。彼のたった一つの身分証明書であるパスポートはオーナー兼フロント係の元にあるからだ。もし予防接種の証明が期限切れだったら。

そうだ、あのもう一人の男、彼なら大丈夫だろう。そこ行くお方、通行中のあなた、ちょっとお尋ねしますが……。その男が「テルミヌスならあそこ、次の角ですよ」と言ったものだから、そいつを憎たらしく思うことになってしまった。約束まで一時間もあり、おまけに約束は明日なのだ、ということがはっきりした。

実際テルミヌスのボーイは我慢強い男だった。ご注文は、とセバスチャンに尋ねようともしない。が、セバスチャンを目で追うべきではなかった。あのお客は一体何をしようとしているんだ、初めは店内に座り、その後テラス席に座ったのはどうしてか、なぜテラスの左側から右側に移るのか、あのお客は何を探しているのか、すこしおかしいんじゃないのか、なぜぼくをじっと見ているのだ、気を狂わせようとしているのか、どの席にも納得できないのだろうか。こんな風にセバスチャンはリナーレス夫妻を見損なうことがないようにとカフェの全ての隅に座ってみて、すべての入り口を調べ上げ、ありとあらゆる可能性を確かめていたのだ。その中から最上のテーブルを選んだ。そこからは両方の通りを見渡せて、カフェの入り口全部を見張ることができた。そのテーブルの位置をしっかりと頭の中にたたき込んでおき、明日は約束の何時間も前に来てリナーレス夫妻を待つことにした。しかし、もう十分彼らを待った気分だ。

約束の前の夜も夢を見た。しかしそれは今までとは違っていた。その朝彼はやたらと早く目を覚ました。しかし気分よく目覚めたし、世間の誰よりも爽快な気分で朝食をとった。その日もまたカフェ・テルミヌスまで歩いて行った。もう道を知っているので市街地図は持たなかった。軽装でサングラスをかけたが、太陽は心地よく、燃えるような日差しではなかった。カフェに入ると例のテーブルが空いているのを見つけた。そしてボーイはやたらにジロジロ彼を見ることはせず、頼まれたビールを運んで来ただけで、放っておいてくれた。その後は、約束の時間まで何時間かあったので持ってきたノートに鉛筆で書きはじめた。書きまくった、せっせと筆を走らせた。リナーレス夫妻が着いたかどうか、見極めようと最初の二時間は十分ごとに頭を上げるだけだった。余すところ一時間になると五分ごと、三分ごと、二分ごとに頭を上げた。彼らはすぐにでも到着するだろうからだ。しかしいつまでも手を止めることはなかった。書いては頭を上げ、書いては見ていた。

「いつもとは違う夢だったと言っているんだね、セバスチャン……」

「そうです、先生。まったく違います。どれも楽しい夢です。そこにはぼくの友達が全員いました。皆がぼくに話しかけました。リナーレス夫妻はひっきりなしにやって来ました。繰り返し、何度も出てきました。それはすばらしい夢でした。ぼくにお薬を出して下さるんでしたら、ほかの夢を予防するお薬だけで結構です。今度の夢には何もいりません、先生。友達やリナーレス夫妻がやって来る夢には何もいりません」

二人のうち、どっちがよく日に焼けているか、彼か彼女か、どっちがサングラスをかけているか、よく笑うのはどっちだろう。むかつくトラックめ、彼らが渡るのを邪魔しやがって。信号も変わらない。二人を抱き締めるために立ち上がらなくっちゃ、ビールをこぼすなよ。原稿を汚さないように。テーブルをけっとばすな。信号が青だ。どっちがよく日に焼けているか、最初に誰を抱き締めようか、笑みがこぼれる。リナーレス夫妻だ。最初に様子を尋ねる。最初の返事が返ってくる。そして最初のやりとり。

「やあ！　セバスチャン！　それにしても君は元気そうだ」

「やあ、やあ、君たち見事に日焼けして！　あれからひと月以上経つかな」

「そうだよ！　ひと月半も太陽の下さ、もう十分。彼女きれいになっただろう、気がつかないか」

「ねえ、セバスチャン、わたしたちと一緒にジローナへ行きましょうよ」

「全員ビールでいいかな」

「いいよ、さあ座って、座って」

「これは何、セバスチャン」

「ああ、短編さ、待ってる間に書きはじめたんだ。一度読んでもらえたらうれしいな」

「じゃあ、さっそく見せて」

「だめ、今はだめだ。手を入れなくちゃいけないからね」

「何というタイトルなの」

「まだ決めてないんだ。〝精神科医の先生〟にしようと思っていた。でも成り行きからすると、君たちの名前を入れて〝リナーレス夫妻に会う前に〟にしようかなと思っている」

アナポイェシス

サルバドル・エリソンド

川村 菜生 訳

サルバドル・エリソンド（Salvador Elizondo 1931〜）

チリの作家。ピノチェット独裁時代はスペインに亡命、奇想天外の発想で前衛的、SF的ファンタジーを盛りこんだ作品を書いている。「アナポエシス」（Anapoyesis）は一九七四年に出版された『個人的アンソロジー』（*Antología personal*）の一編である。

新聞各紙はピエール・エミール・オーバネル教授の悲劇の死を簡潔な外電を通じて伝えた。同氏は戦前まで理工科学校では熱力学の、高等専門学校では応用言語学の教授の職についていた。戦争が勃発する二、三週間前にパリの科学者の学界ではオーバネル教授が専門学校で発表した研究について激しい議論が交わされていた。彼の研究にデッチ上げの烙印を押す者もいた。オーバネル教授は「エネルギーと言語」という自身の著書を既に出版していたが、この騒動をきっかけに私的に研究を続けるためにローマ街のアパートへ引きこもり表舞台から姿を消した。ゲシュタポが不当な言語上の理屈を盾に、著者の名前がセファルディ〔イベリア半島から追放されたユダヤ人〕起源だと主張して件の著書の全ての版を没収、破棄しようとしたが、戦争と占領が彼に強いた監禁生活は実り多いものとなった。

オーバネル教授はヨーロッパにおけるユダヤ人大虐殺の最中でさえも熱力学の専門分野においては幾分かの名声を保っていた。僕は戦後、高真空のエントロピー問題をきっかけに教授を知るようになった。そのエントロピーのことで相談に行ったのだが、僕らの親交を深め、信頼を得ることができたのは詩のおかげであった。ステファヌ・マラルメがオーバネル教授と同じ通りに住んでいたことを読んだ記憶があった。相談事が終わり世間話を始めると、僕はどこが詩人の家だったか、この近くにあるのか教えてもらえないかと尋ねた。

オーバネル教授は目を半ば閉じ皮肉っぽい笑みを浮かべた。

「君ね、ここがマラルメの家でした」

さりげなく手で周囲を指し示した。僕は詩人の中でも最も謎の多い詩人の家で、まさに真価を理解されない偉大な科学者と面と向かって話をしていることに驚いた。

「当時あったものはもう何も残っていません」と教授は言った。「私が家を手に入れた時改修しました。壁を取り壊して別の壁を造りました。マラルメの住んでいた頃はすでにご存じのように当時の様式ですべて壁紙が貼られていました」

僕に家の中をくまなく見せてくれた。ごくありふれた感じだった。詩人の書斎だった場所をオーバネル教授は人目を引く実験室にしていた。ドアを半開きにして、僕に戸口から見せてくれた。木製の大きなテーブルの上に並べられている設備の特徴や装置の種類から一目しただけでは教授の研究の本質を推測するのは不可能だっただろう。

「僕はあなたの研究が本質的には理論的なもの、数理的なものだと考えていました。ですから、実験も行っていらっしゃったとは思いもよりませんでした」薄明かりの中で実験室の内部を見ると僕は言った。

「そうです、非常に興味深い研究です」とオーバネル教授は再びドアを閉めながら言った。「別の機会にそれをお見せしたいと思います」

別れ際に教授は明日オペラ座広場のレストランで夕食をご馳走しましょうと誘ってくれた。

食事を済ませてから僕等はローマ街の方へゆっくりと歩を進めた。オスマン通りの角に辿り着くとオーバネル教授は自分の実験について話を切り出した。

「私の実験室をご覧になってきっと不思議に思われたでしょう」と教授は言った。「あなたに私の実験の理由と目的を説明したらもっとびっくりされるのでは」

「熱力学と何か関係があるのでしょうか」と僕は尋ねた。

「全て熱力学と関係があります」と確信を持って言うとからかうような笑みを浮かべ、「言語学ともです」と付け加えた。

八十九番地の前に辿り着いた。「エルベノンの狂気の闇世界〔ステファヌ・マラルメ著〔イジチュールまたはエルベノンの狂気〕に描かれた心象世界〕」を彷彿《ほうふつ》とさせる曲がりくねった階段を登った。

僕等は暖炉の前でコニャックを飲みながらしばらく無言でたばこを吸った。

コニャックをちびりちびり、たばこをゆっくりとくゆらせながらよみがえった思いを煙と夢想の中へゆっくりと吐き出した。

「全てのものは熱力学と関係があります。とは言っても、どの程度かご存じないでしょうが」とオーバネル教授は実験室での自身の実験の話を僕に語ろうとして繰り返し言った。「もっと驚かれるにちがいない。実は詩とも関係があるのです！」

「詩と関係があるのですか」

「その通りです」と続けて言った。「あらゆるものをどれか一つの種に当てはめて考えてみれば十分です。その同じ種の中では、すべてのものが同じものだと考えられるようになり、ドーリス式の寺院と鉛のサイコロとの間にはなんの相違もなくなるからです。すべてのものの究極の姿は同じだと考えれば十分です。エネルギーということで考えれば女性とオートバイはほとんど同じものです」と教授は例を挙げて付け加えた。「宇宙を構成しているすべてのものは、エネルギーが転換されてゆくための機械です。そしてすべてのものにはそれを造るために要したエネルギーと同量のエネルギーが備わっています。またものにはそれぞれ個々に他のものとは違っていることを示すエネルギー値があります。同じものならその量は一定です。それがエネルギーなのです」

「それでは詩はどうですか」

「詩も他のあらゆるものと同じように一つのものです。一つの詩が創作される時に要するエネルギー量によってのみ他のものと区別されます。ものの持つエネルギーと質量の割合は変化しますが、エネルギーと質量は全てのものに共通です。一センチ四方のウランのサイコロは、もしそのエネルギーを一気に放出させると、一瞬にして人口四百万人の都市を破壊するだけの十分なエネルギーを秘めています。このようなエネルギーの放出についてはあなたもすでによくご存じのようにもう実現されました」

「ええ、よく分かっています」と僕は言った。「放出されるエネルギーは、質量に光の速さの二乗を乗じた値になります。E＝MC^{2}ですが詩の質量は……」

「詩の質量は」とオーバネル教授は続けて言った。「一隻の戦艦、一つのリンゴの質量に匹敵します。それは詩にもよります。戦艦は戦艦の形に移し変えることのできた、具体化されたあるエネルギー量の現実的かつ潜在能力的な表現なのです。我々が食べるリンゴはエネルギーに転換され、よく言われるように我々を活気づかせ、我々に力を与えます。リンゴは我々にその力を授け、それを我々は吸収し、転換するのです。詩はその命を吹き込むまれた時のエネルギー量を保存するカプセルに過ぎないでしょう。単に詩の言葉の本来の意味に注意してください。そのことによって全て説明できます」

「オーバネル教授、言うなればあなたは、詩の質量を測定しようと目論んでいらっしゃるのでしょうか」

「ある意味においてはそのとおりです。ですが、それは私の実験の主な目的ではありません。事実、それはむしろ文芸批評の仕事でしょう。私が興味を抱いていることは詩人のエネルギーが詩の中に凝縮される過程を逆転できないかということです」

「するとそのエネルギーをその後で取り出せるとでも」と僕は恐る恐る尋ねた。

オーバネル教授は話を続けた。声高にエネルギーへの壮大な夢をもう一度説いた。

「ほとんどの国の詩的財産の持つ巨大な富を想像してみてください。そのエネルギーは一国家が持つことのできる最大の富なのです。ダンテの長編叙事詩『神曲』の持つエネルギーと同量のエネルギー量で作動するイタリアの経済を想像してみてください。今後二百年もの間フィアット社をその能力一杯に稼動させるためにはたった一篇、多くても二篇の神曲で十分でしょう」

「ところがその詩の持つエネルギー量を手に入れるためにはその詩を破壊しなければならないでしょう」と僕は口を挟んだ。

「もちろんです」とオーバネル教授は言った。「イタリア人は永遠にその詩を失うことになるでしょう。不幸にしてイタリア経済にとって、それは今やもう不可能なことです」

「どうしてですか」と僕は尋ねた。

オーバネル教授は暖炉にたばこを投げた。

「なぜなら放射性元素のエネルギーのように、詩の中に込められたエネルギーは時間とともに、また、読まれることでも消耗されるのです。生成時には放射性ウランという物質であったものも次第に密度の高い不活性鉛やエネルギー効率の低い他の元素に変わります。人が詩を読むたびに詩人が詩に与えたエネルギーが奪われてゆきます。やがて最後には完全に忘れ去られます。そこで詩は冬眠に入ります。冬眠は時として数世紀にも及び人々の記憶や目から離れます。エネルギーを取り戻す詩もあります。何世紀もの時を隔てて新たに強力なパワーを授かり突如として再現することもあります。ところが、エネルギーが力強く最高に表現されるのは誰の目にもさらされていない詩の中にあるので、そんな詩の中には詩を生んだエネルギーがそっくりそのまま蓄えられているのです」

僕を自分の実験室へ案内した。

「詩が持つエネルギーがひとりでに失われてしまうものなら、エネルギーと物質の保存の法則はまったく何の価値も持たないでしょう。ひょっとして私がこの家に偶然住んでいるとお考えですか」

「先生の名字、先生のお名前があの有名な借家人と何か関係があるのですね」と僕は答えた。

「ええ、私の親戚の一人が巨匠をよく知っていました。でもそれが理由ではありません。ご存じのようにマラルメは自分の全ての著作を破棄するように命じました。ボンボンの箱の中に書いたものをしまっていましたが、それらは電報用紙やマロングラッセの包み紙に書かれていました。彼の家族はありとあらゆる彼の書いた紙片や草稿を燃しました。その中には未発表の作品も含まれていました。フランス詩の歴史上、非常に高いものについた遺言執行でしたが、それらの紙片の行方に関しては、途方もない仮説を抱かせる契機にもなりました。エネルギーが純粋な状態で保持されている詩です。誰にも知られていなかったり、作家だけしか読んだことのないためエネルギーが消耗していない詩です。つまり、マラルメが純粋な状態で吹き込んだエネルギーが完璧な状態で保存されている詩なのです」

「あなたはそれらの詩のどれか一つを見つけてエネルギー変換することができましたか」と僕は尋ねた。

「いいえ、まだです。私が回収できたのは単語や詩の断片だけで、完全な詩は一つも、手付かずのエネルギーもまだありません。それらは私しか知らないマラルメの言葉です。とは言っても私は敢えてそれを試そうとはしませんでした……」と苦虫を噛み潰したように言った。

「では何があなたをこの家に住む気にさせたのでしょうか」

「ある推測です。私の理論と、お見せできるであろうある事実に関する私の仮説の重要な根拠ともなる可能性です」

オーバネル教授は実験室の全ての明かりをつけた。前日に初めて半開きのドアから垣間見た時に想像したよりもずっと広かった。装置のあるテーブルに加えて、奥には使用された壁紙の筒が高々と山積みされて天井スレスレまで届いていた。僕はこれほどちぐはぐな光景を目の当たりにして驚きを隠すことができなかった。一方では精緻な装置が据えられてもう一方には今にも崩れ落ちそうな器具や廃品の山があった。オーバネル教授は僕が奇妙に感じているのを見てとった。

「私は古い壁紙のマニアだったのです」と染みがついて虫に食われた紙の筒の山を指し示しながら意味ありげに言った。「ですからこれからその訳を説明します。少なくともこの家のことについては」

オーバネル教授はまたたばこに火を付けると実験室のメインテーブルの回りを歩きはじめた。たばこを吸った。

「私がかなり若い時でした」と言って青色の煙を一息吐いた。「言語と力学との関連性という考えを抱いたのは。時が経つにつれて数式で表せるようになりました。つまり、極めて正確にその相関関係の概念を頭の中で具体化できました。私は偉大な詩人の作品ならどんな詩でもそのエネルギー値を特定することができました。私が最初に計算したのは『戦いと勇士をわれは歌おう。この者こそトロイヤの岸から……(1)』という作品です。二千年にわたって消耗されてきたにもかかわらず、ウェルギリウス〔古代ローマの詩人〕〔前七〇―前一九〕の詩句は一万分の一ミクロンの高さに炭素原子を持ち上げるには十分だったでしょう。確かに微々たる値でした。しかし同時に、これは最も重要なことですが原子物理学の法則に照らし合わせることができ、それと合致した値でした。核の質量に関するボア〔デンマークの理論物理学者（一八八五－一九六二）。原子物理学の進歩に貢献。一九二二年ノーベル物理学受賞〕の業績が私の考えの正しかったこと、そしてプランク〔ドイツの理論物理学者（一八五八－一九四七）。一九一八年ノーベル物理学受賞〕の理論が私に自分の考えを説明し証明することができるであろう原形を与えてくれました」一瞬立ち止まって一服すると先を続けた。「それが私の著書『エネルギーと言語』で公にしたことです。私の著書が世に知られたときにスキャンダルが起こり、私は教授職を辞めざるを得なくなりました。その後戦争が勃発しました。ドイツ人達は全ての版を破棄しましたが、私は自分の実験器具を組み立てるためにこの占領を上手く利用しました」

「やっと全てが分かりました」と僕は思わず声を上げた。「あなたは無垢な詩が必要なのですね。誰にも知られていない詩が……」

「そのとおりです。ですから私はこの家に住むためにやって来ました。どこかの隙間にマラルメによって忘れ去られた詩や失われた詩、窓の外縁に紙の上から刻まれた詩、板の隙間にたまたま落ちた紙片や壁紙の継ぎ目に挟みこまれた紙片が見つかるかもしれないと希望を抱いていました」

「それで探していらっしゃったものを見つけましたか」

オーバネル教授はまるで僕の質問を聞いていなかったかのように話し続けた。

「私は手に入れた資料で作業を始めました。彼の作った最も洗練された文章のいくつかを分裂させることで、マラルメの天与の才を完全無欠に再現しようとするかのようにです。つまり、『白さが護り固めている空虚な紙の上の……[2]』という詩に含まれるエネルギーは、例えばピンポン玉に伝えられると四十年間そのピンポン玉を一メートルの高さに跳ね上げさせることが可能となります」

オーバネル教授は戸棚に近づくと扉を開けた。中には両端をステンレス板で密封した一メートル余りの円筒状のガラス装置が置かれていた。円筒の中ではピンポン玉が静かに弾んでいた。

「私はこの玉を一九三二年に作動させました」とオーバネル教授は話を続けた。『マストもなく、肥沃な小島もなく、消え失せて……』というマラルメの詩の一行が持つエネルギーは玉を二百九十年間跳ね続けさせるに十分なものです。それに『おおわが心よ、聞け　水夫たちの歌を！』という最後の行と組み合わせれば絶え間なく六百五十四年間バウンドさせられるでしょう」

「驚くべきことです」と僕は叫んだ。「疑う余地もありません。あなたの科学理論が美学とどのように結び付くのかお考えになったことはありますか。ある詩のエネルギーに転換可能な質量を測定することは言ってみれば詩の創作行為と詩そのものを否定することになるとお気づきになりませんか」

「その通りです。理論を全て公式化するにあたり、私は我がラボアジェ〔フランスの化学者（一七四三－一七九四）〕も我がボアロー〔フランスの詩人、批評家（一六三六－一七一一）〕も見落とすことは決してありませんでした」

オーバネル教授の物質保存の法則やフランス語文法に対して付けたエレガントな所有形容詞が僕の記憶のなかで今なお鳴り響いている。

「詩はその秘めた力、詩を活性化する力と同じだけの努力の結果でなければ存在しないでしょう」とオーバネル教授は付け足した。

「それで、あなたのお話では、エネルギーは放出されうるもの、実現されうるものになりますが、でも、どのようにですか」と興味をそそられて言った。

オーバネル教授はメインテーブルの前で立ち止まった。その上にあるきらびやかな装置を手を伸ばして指し示した。

「これです！　この装置は私の三十年以上にわたるたゆまぬ研究の賜物です。私はアナポイェトロンと命名しました。これは波形で脳や心臓の知的かつ情緒的な活動を記録する発振器と回路でつながっている原子炉です」

接続されているケーブルを伝って歩きながら、オーバネル教授は最初にアナポイェトロンを、次に床の上に据えられた二台の記録装置を指し示した。その装置の隣には黒皮の腹ベルトと革紐のついた木製の椅子が置かれていた。少し離れたところには読み取り操作卓があった。その操作卓は振動波を判読可能な有効値のある信号へと転換するもので、原子炉にも接続されており、原子炉がこんどはその信号をエネルギーに転換していた。原子炉のもう片方からは蓄電池に繋がる伝導ケーブルが出ていた。

「ちょっと実演してみましょう」と言ってボードのメーターを僕に指し示した。アナポイェトロンが前後に作動する映画カメラのように動いた。「いったん詩がエネルギー言語へ変換されるとこの装置がその言語をエネルギーに転換・翻訳します。つまり、アナポイェシスが生み出されます」オーバネル教授は写真のフィルムのような細長いテープを手に取るとそれをアナポイェトロンの特別な装置に差し込んだ。

「用意はいいですか」とオーバネル教授はクライマックスを披露しようとする曲芸師のように尋ねた。「ほんの短いマラルメの詩です。散文詩の十七節。あなたがご存じの『即ち数限りないアイリスの大地』(3)です。この詩はもうかなり消耗しているためエネルギーのレベルはかなり低いことは言っておきます。電圧計の針をよく見ていてください。原子炉が起動すると詩の十七節によって蓄えられたエネルギーの部分放電が起こり、ボードの電球を点灯させます」「よく見ていてください」と私の目の前にあるボードをさして言った。「しっかり見ていてください」

数秒が過ぎた。

オーバネル教授はアナポイェトロンのスイッチのボタンを押した。ヒューとけたたましい音が聞こえたがほんの一瞬だった。それは爆発音のような響きだった。ケーブルの先端が火花を散らし白っぽくなった。インディケータの針が激しく揺れてボードのランプは破裂した。アナポイェシスの全量はほんの一秒ももたなかった。

「ご覧になりましたか。どうでしたか」オーバネル教授はすぐに言った。

僕は茫然自失、閃光で目がくらんでいた。放電つまりマラルメの詩句のエネルギー転換や放電の際に原子炉が立てた爆発のような唸る音や、ランプの目がくらむほどの閃光のために僕は数秒間完全に正気を奪われて、まだあの耳を塞ぎたくなるような音が耳元から離れなかった。オーバネル教授がすべての明かりを付けていたにもかかわらず、僕の瞳孔はあまりに収縮してしまったため、炸裂音が止んでも教授のシュルエットがぼやけて見え、ほとんど識別できなかった。僕は彼の声を聞いていたがその声はまるで騒音の中をひそやかに近づいてくるようで、耳にも目にも堪え難いものだった。

「想像してみてください」と数秒後にオーバネル教授は言った。「崇高な詩人のペン先を離れたばかりの散文詩、あるいはixで終わる脚韻に固執したソネットがどのようなものだったかを。詩人が捕らえ密封カプセルに閉じ込めた純粋状態の、手付かずの全エネルギーを。そのカプセルはアナポイェトロンだけが開けることができ、その詩をエネルギーに、贅沢品や、安らぎ、快楽に変えることができるのです。人に知られる前のマラルメの詩句『響音高らかな空在の　いまは廃物となったこの骨董もないのだ……』[4]の中に蓄えられた力を想像してみてください。ああ、親愛なる友よ、赤い夜に生まれたばかりの赤ん坊を腕に抱くことができたとしたら……！」

白状するとホテルへ戻る道すがら僕はもうマラルメのことをそれほど考えていなかった。オーバネル教授のもとを何回か訪ねるうちに僕が最も興味をそそられたのは、アナポイエトロンと操作卓の間に謎めいて置かれていた木製の椅子であった。誰のためのものだったのだろうか。

それ以来、僕はオーバネル教授について幾度か考えた。詩人の手の痕や作品を探し求めてあの陰気な家の隙間という隙間を、壁紙の長い筒の山を綿密に調べるのに忙しい彼の姿を思い浮かべていた。

フランス通信社の短い外電によれば、オーバネル教授の死は巨大なエネルギーの放出が原因だった。それは実験室内の不思議なほど狭い範囲内での出来事だった。爆発はオーバネル教授が行った応用熱力学の実験に使われた装置の不備によるものと伝えられた。

マラルメについては何も言及されていなかった。

注

（1）ウェルギリウス「アエネーイス」の一節。訳文は岡道男・高橋宏幸訳（ウェルギリウス『アエネーイス』京都大学学術出版会訳）。

（2）ステファヌ・マラルメ「海の微風」の一節。訳文は渋沢孝訳（『フランス名詩選』岩波書店）。オーバネル博士が続けて引用する「マストもなく、肥沃な小島もなく、消え失せて……」「おおわが心よ、聞け　水夫たちの歌を！」も同じ。

（3）ステファヌ・マラメ「続誦」の一節。訳文は菅野昭正訳（『マラルメ全集』筑摩書房）。

（4）ステファヌ・マラルメ「その純らかな爪が　高々と　縞瑪瑙をかかげて…」の一節。訳文は松室三郎訳（『マラルメ全集』筑摩書房）。

あとがき

前作『ラテンアメリカ傑作短編集』では、ラテンアメリカ文学黎明期に書かれた『屠場』から始まり、一九六四年に発表された実存主義の色濃い『カバジェーロ・チャールズ』まで、中南米におけるスペイン語圏の文学史的潮流を追ってみた。

続編となる本書では、いわゆるラテンアメリカ文学ブームの中に位置づけられる作家に加え、それ以降の「ポスト・ブーム」の作家を主に取り上げている。また、作家の出生国数も十か国にのぼり、その中には日本初紹介五人の作品も含まれている（著者名・タイトルはカバー袖を参照）。ぜひラテンアメリカ文学の多彩な作風を味わい、豊饒さを楽しんでいただきたい。

「プレ・ブーム」の作品の注目すべき現象として、フォークロアへの新しい関心がある。例えばコスタリカの作家カルメン・リラは自国の口承伝説を世界に向かって発信した。「悪魔の姑」の登場人物はフォークロアのイメージに忠実に描かれている。悪魔はいたずら者、姑は経験豊かな知恵者。娘は純真さと未熟さ、木こりは民衆の狡猾さを象徴し、昔話の構造になっている。

また、モデルニスタの新たな路線は一九一七年から二十年余り続き、抒情性に富む前衛派文学として繁栄した。リカルド・グィラルデス、ロベルト・アルルトの作品などがそれである。ここに位置づけられるホルヘ・ルイス・ボルヘスは世界的成功を収め、ブームの牽引役となった。

そして二十世紀半ばいわゆるブームではボルヘスの他にも多くの作家たちが世界的注目をあび、次々と作品を発表したわけだが、これらはマリオ・ベネデッティ、フリオ・コルタサル、ホルヘ・エドワーズ、ファン・ルルフォ、アウグスト・ロア・バストス、アレッホ・カルペンティエール、ガブリエル・ガルシア・マルケスなどである。

ブームの作家群には入らないが、短編小説のジャンルに大きく貢献したのが、ギリェルモ・メネセス、ファン・ホセ・アレオラなどであった。

アメリカ在住のヒスパニックの台頭にも注目したい。プエルトリコを中心に活躍するホセ・ルイス・ゴンサレスの「俺たちが人間に戻った夜」は三年間のニューヨーク生活を新たな視点から生き生きと綴った。プエルトリコからのニューヨークへの移民はふえる一方で、疎外された集団は何を感じ何を思うか。大停電の夜、出産にのぞむ妻の元へ必死に帰路を急ぐ父親、緊迫した状況の中、新しい生命の誕生を祝うかのように久しぶりに見た満天の星空との感動的な出会い。スペイン語と英語をミックスしたスパングリッシュがあちこちに用いられるのが新しい。

ポスト・ブームの作家としては、アルフレド・ブライス・エチェニケ、サルバドル・エリソンドをとりあげた。ユーモアを通してユニークな社会批判を展開した。

今回訳出した作品は主として私が留学したイリノイ大学大学院のラテンアメリカ文学の講義に用いられた Reading List の中から選んだ。

あとがき

二十年以上続いた朝日カルチャーセンターの私たちの翻訳教室は二〇一四年六月で幕を下ろした。この間彩流社から出版した訳書は次の通りである。

カミロ・ホセ・セラ著『ピレネー紀行』
グスターボ・アドルフォ・ベッケル著『赤い手の王』
『スペイン短編選集　イワシの埋葬』
『ラテンアメリカ短編集』
カミロ・ホセ・セラ著『アンダルシア紀行』
アントニオ・ガラ著『さらば、アルハンブラ』（上下巻）
オラシオ・キロガ著『愛と狂気と死の物語』
『ラテンアメリカ傑作短編集』

編集にあたっては、翻訳教室の相良勝さん、彩流社の若田純子さんのお世話になった。さらにスペイン語の疑問はすべて解決してくださる東京大学准教授のオラシオ・カブラルさんの長年にわたる協力は非常に大きいものだった。
最後に私たちの長期の出版活動を快く引き受けて下さった彩流社の竹内淳夫社長に深く感謝する。

筑波大学名誉教授／獨協大学名誉教授　野々山真輝帆

編者

野々山真輝帆（ののやま まきほ）

筑波大学名誉教授。獨協大学名誉教授。『スペイン内戦』（講談社）で毎日出版文化賞（1981年）、『リスボンの春』（朝日新聞社）でロドリゲス通事賞（ポルトガル、1993年）、その他イサベル・ラ・カトリカ女王勲章（スペイン、1995年）などを授与された。

ラテンアメリカ傑作短編集《けっさくたんぺんしゅう》〈続〉　中南米《ちゅうなんべい》スペイン語圏《ごけん》の語《かた》り

2018年3月31日　発行

定価はカバーに表示してあります。

編　者　野々山　真輝帆

発行者　竹　内　淳　夫

Printed in Japan

Sairyusha

発行所　株式会社　彩　流　社

〒102-0071　東京都千代田区富士見 2-2-2

電話 03（3234）5931　FAX 03（3234）5932

http://www.sairyusha.co.jp

e-mail sairyusha@sairyusha.co.jp

印刷　モリモト印刷（株）

製本　（株）難波製本

装幀　虎尾　隆

乱丁本・落丁本はお取り替えいたします

ISBN978-4-7791-2426-6 C0097

遥かなる調べ

978-4-88202-635-8 C0097（00. 01）

エリコ・ヴェリッシモ 著／伊藤 奈希砂 訳

アマードと対極をなし、人間の倫理的危機と苦悩を追究する作風で有名な作家による青春小説。少女から女性への過渡期にある多感な主人公の目で現実と夢想の間に横たわる軋轢を瑞々しい文体で描くブラジル版「赤毛のアン」。　四六判上製　2800 円＋税

丁子と肉桂のガブリエラ

978-4-7791-1381-9 C0097（08. 10）

ジョルジェ・アマード 著／尾河 直哉 訳

ブラジル・バイーアの田舎町を定点に、変動する社会を厳しく見つめてきたアマードがついに到達した人間讃歌。奥地から来た神話の女ガブリエラは小説世界を解放した。笑いとエロスに満ちたカーニバル的世界に酔しれてほしい。　四六判上製　3500 円＋税

砂糖園の子

978-4-88202-679-2 C0097（00. 09）

ジョゼー・リンス・ド・レーゴ 著／田所 清克 訳

ブラジル版、“失われた時を求めて”！ブラジル北東部の広大な砂糖園を舞台に、母の死の悲しみ、身体への不安と苦痛、性への衝動…。失われし幼年時代の想い出をプルースト流に描く自伝的小説の傑作。本邦初訳。　四六判上製　1800 円＋税

スペイン伝説集

978-4-88202-732-4 C0097（02. 01）

グスターボ・アドルフォ・ベッケル 著／山田 眞史 訳

スペイン・ロマン派の最高の詩人にして幻想文学の第一人者が、遙かなる時代を舞台に、本国にのこる伝説･伝承をもとに紡ぐ愛と恐怖に彩られた 14 篇の幻想物語……。ボルヘスの『伝奇集』、ホフマンの『黄金の壺』などと並ぶ傑作。　四六判上製　2400 円＋税

ゆかいなセリア

978-4-7791-2412-9 C0097（18. 01）

エレーナ・フォルトゥン 著／西村 英一郎、西村 よう子 訳

おしゃまなセリアはほんとはとーってもいい子なのに彼女の行くところは、なぜだかいつも大騒ぎに！　１９２８年にスペインの子ども新聞で連載開始され、長きにわたって多くの人に親しまれた児童文学。純真ゆえのトラブルに笑いがこぼれる。　四六判上製　2500 円＋税

バルザス＝ブレイス

978-4-7791-2443-3 C0097（18. 03）

ラ・ヴィルマルケ 編／山内 淳 監訳

ブルターニュ古謡集

大場 静枝、小出石 敦子、白川 理恵 訳

ランス･ブルターニュ地方で語り継がれる詩歌を編纂した、悠久の時をめぐる物語歌謡集（ロマンセロ）。魔術師マーリン、アーサー王伝説から、ブルターニュの祝祭・恋愛の風習がわかる詩歌まで、ヴィルマルケ生前中の最終校訂版を翻訳。　Ａ５判上製　4500 円＋税

アルゲダス短編集

978-4-88202-823-9 C0097（03. 06）

ホセ・マリア・アルゲダス 著／杉山 晃 訳

アンデスと西洋…せめぎあう異質な力の葛藤！ ペルーの国民的作家がインディオと白人の二つの世界に引き裂かれた内面のドラマを描く代表作「水」を含む初期短編作品集。アンデスの人びとの魔術的な精神世界をえがいて独自の地位をきずいた。四六判上製 2500 円＋税

ダイヤモンドと火打ち石

978-4-88202-976-2 C0097（05. 06）

ホセ・マリア・アルゲダス 著／杉山 晃 訳

大空にコンドルが舞うアンデスの町で繰り広げられる愛と官能、死と再生、激情と悲哀の物語！ペルーの代表作家アルゲダスの 40 代半ばから最晩年までの作品 11 編を収録。彼を苦しめつづけた幼い日の歪んだ性愛を綴った連作「愛の世界」も収録。四六判上製 2500 円＋税

カカオ

978-4-88202-720-1 C0097（01. 10）

ジョルジェ・アマード 著／田所 清克 訳

ブラジルの国民的作家が、蜜したたる北東部のカカオ園を舞台に、園主と労働者の対立と葛藤、売春婦のすさまじい生き様など猥雑ながら素朴に生きる人々の生活を描き、世界的名声を獲得したアンガージュマン文学の傑作！ 四六判上製 1900 円＋税

《新版》砂の戦士たち

978-4-7791-1402-1 C0097（08. 11）

ジョルジェ・アマード 著／阿部 孝次 訳

20 世紀ブラジル文学を代表する作家が、ストリート・チルドレンの世界をドキュメンタリー・タッチで描く傑作長篇。港町サルバドールを舞台に、路上生活をおくりながら生きるために犯罪を繰り返す少年と少女たちの宿命と自立への闘い。 四六判上製 3000 円＋税

イラセマ

978-4-88202-526-9 C0097（98. 05）

ブラジル・セアラーの伝承　ジョゼー・デ・アレンカール 著／田所 清克 訳

ノーベル賞候補のスペイン文学を代表する国民作家の記念碑的な作品！ フランコ独裁政権下、作家として抵抗する作者デリーベスが、カスティーリャ地方の貧しい農村の描写を通して、その怒りを文学に昇華させたロングセラー！ 四六判上製 1500 円＋税

ドン・カズムーロ

978-4-88202-733-1 C0097（02. 02）

マシャード・デ・アシス 著

伊藤 奈希砂、伊藤 緑 訳／田所 清克 解説

「ラテン・アメリカ文学史上、最重要作家」とニューヨーク・タイムズが絶賛したブラジルの最大の作家の長編。シェイクスピア『オセロー』を彷彿とさせ、妻と親友の不義によって「ドン・カズムーロ」（陰気な男）が嫉妬で懊悩する姿を描く。 四六判上製 2800 円＋税

ラテンアメリカ傑作短編集
978-4-7791-1969-9 C0097（14. 01）

中南米スペイン語圏文学史を辿る　野々山 真輝帆 編

ラテンアメリカにおける文学の黎明期に誕生したエステバン・エチェベリーア「屠場」（1838年）といったラテンアメリカ文学ブーム以前の作品からブーム期までの文学史的変遷を、19人の作家の作品を読みながら辿るユニークなアンソロジー。　四六判上製　3000円＋税

愛と狂気と死の物語
978-4-7791-1540-0 C0097（10. 07）

オラシオ・キロガ 著

ラテンアメリカのジャングルから　野々山 真輝帆 編

アルゼンチンの密林で繰り広げられる生きるための闘い、死の恐怖、残酷な運命──。ジャングルや都会の片隅で狂気と死に翻弄される人々や動物たちの姿を、生命への愛とともに見据えた、クリオリズモの代表作家による14の物語。　四六判上製　2500円＋税

さらば、アルハンブラ（上・下）
978-4-7791-1293-5 [1294-2] C0097（07. 10）

アントニオ・ガラ 著

深紅の手稿　日比野 和幸、野々山 真輝帆、田中 志保子 共訳

何代もかけて完成させたイスラム文明の粋、アルハンブラ宮殿をキリスト教徒の手に明け渡したイスラムスペイン最後のスルタン。宿命に翻弄された、物悲しく、哀愁にみちた物語。プラネタ賞受賞の大ベストセラー。　四六判上製　各2800円＋税

アンダルシア紀行
978-4-88202-480-4 C0097（99. 10）

カミロ・ホセ・セラ 著

野々山 真輝帆 監訳／日比野 和幸 共訳

スペインの生んだノーベル賞作家が、自らを表現する場として選んだ紀行文学の真髄。どこまでもスペイン的な、あまりにもスペイン的な旅への招待。昔が今に通じる“世界一ぜいたくな”ガイドブックでもある。セラと共に旅しているかに錯覚させる。　四六判上製　3500円＋税

赤い手の王
978-4-88202-348-7 C0097（95. 05）

グスターボ・アドルフォ・ベッケル 著／野々山 真輝帆 監訳／日比野 和幸 共訳

19世紀スペインの生んだ天才詩人の描く幻想的な世界の物語。兄を殺して王になった弟の手から血の色が消えない…。破壊の神シヴァと救済の神ヴィシュヌの争いを背景に、贖罪の旅に出るインドの王と恋人。愛、情熱、勇気、恐怖……。　四六判上製　1456円＋税

ベッケル詩集
978-4-7791-1476-2 C0098（09. 10）

グスターボ・アドルフォ・ベッケル 著／山田 眞史 訳

現代のスペイン、ラテン・アメリカの文学は、詩は、19世紀のベッケルという詩人のこの一冊から始まったといわれている。『ドン・キホーテ』と並ぶスペイン文学の名作、本邦初訳。ベッケルについての平易な「解説」を付す。　四六判上製　2500円＋税